스트레스가 많은 삶 대 풍요로운 삶
사무라이 방식의 요가

작성자

Translated to Korean from the English version of
Stressful life Vs Abundant life: Yoga in a Samurai way

Dr Sridevi K.J. Sharmirajan(H.G)

Ukiyoto Publishing

모든 글로벌 퍼블리싱 권한은 다음에서 보유합니다.

Ukiyoto Publishing

에 게시됨 2024

콘텐츠 저작권© Dr Sridevi K.J. Sharmirajan(H.G)

ISBN 9789360495299

모든 권리 보유.

본 출판물의 어떠한 부분도 발행인의 사전 허가 없이 전자, 기계, 복사, 녹음 또는 그 밖의 방법으로 어떠한 형태로든 복제, 전송 또는 검색 시스템에 저장할 수 없습니다.

저자의 저작인격권은 주장되었습니다.

이 책은 출판사의 사전 동의 없이 거래 또는 기타 방법으로 출판된 형태 이외의 제본이나 표지로 대여, 재판매, 대여 또는 기타 방식으로 유통할 수 없다는 조건으로 판매됩니다.

www.ukiyoto.com

면책 조항

"스트레스가 많은 삶 대 풍요로운 삶: 사무라이 방식의 요가"에 제공된 정보는 일반적인 정보 제공 목적으로만 사용됩니다. 이 책의 내용은 연구, 개인적인 경험, 요가의 철학적 개념과 사무라이의 무사도 규범의 통합을 기반으로 합니다.

제시된 정보의 정확성과 신뢰성을 보장하기 위해 모든 노력을 기울였지만, 이 책에 설명된 수련법과 기술이 모든 사람에게 적합하지 않을 수 있다는 점에 유의해야 합니다. 독자들은 신체 운동을 시도하거나 새로운 수련법을 채택하기 전에 자격을 갖춘 요가 강사, 무술 전문가 또는 기타 적절한 전문가와 상담할 것을 권장합니다.

이 책의 저자와 출판사는 제공된 정보의 적용 또는 오용으로 인해 발생할 수 있는 부상, 손실 또는 손해에 대해 책임을 지지 않습니다. 각 개인은 자신의 건강에 대한 책임이 있으며, 이 책에 설명된 신체 활동을 하거나 관행을 실행할 때 주의하고 개인적인 판단을 내려야 합니다.

또한 이 책은 의료, 심리 또는 법률 자문과 같은 전문적인 조언을 대체하거나 대체할 수 없습니다. 특정 건강 문제, 신체적 한계 또는 기타 개별적인 상황이 있는 독자는 새로운 수련을 시작하거나 생활 방식을 크게 변경하기 전에 적절한 전문가의 조언을 구하는 것이 좋습니다.

"스트레스가 많은 삶 대 풍요로운 삶: 사무라이 방식의 요가"에 표현된 의견은 전적으로 저자의 의견이며 이 책에 언급된 어떤 조직, 기관 또는 개인의 견해나 의견을 대변하지 않습니다.

이 책을 읽음으로써 귀하는 자신의 행동과 결정에 대한 책임이 전적으로 본인에게 있음을 인정하고 수락하는 것입니다. 저자와 출판사는 이 책에 제공된 정보를 실행한 결과 또는 결과에 대해 어떠한 책임도 지지 않습니다.

이 책에 설명된 연습이나 운동에 참여하는 동안 사용자의 안전과 건강을 보장하기 위해 재량권을 사용하고 필요에 따라 전문가와 상의하시기 바랍니다.

헌신

제 인생의 모든 단계에서 저를 도와주시고 이끌어주신 부모님, K.J. 샤밀라와 B. 사운디라라잔에게 이 책을 바치고 싶습니다. 제 친구이자 멘토이자 항상 제 작품을 가장 많이 읽어주신 R. 칸나말 할머니께도 특별한 감사를 드립니다. 어린 시절 시를 써주시고 동화 구연을 해주셨던 돌아가신 할아버지 T.P. 자야라즈와의 아름다운 추억도 있습니다. 마지막으로 모든 선생님들과 저의 구루인 사이바바, 베타티리 마하리시 그리고

또한 지금까지 내 인생에서 만난 모든 사람들을 가르쳐 준 사람들

오늘까지 제가 받은 지식에 감사드립니다.

인정

"스트레스가 많은 삶 대 풍요로운 삶: 사무라이 방식의 요가"를 만드는 데 기여해 주신 모든 분들께 깊은 감사를 드립니다. 이 책은 사랑의 노동이었고, 이 여정에서 제가 받은 지원과 영감에 겸손하게

이 여정 내내 받은 지원과 영감에 겸손합니다.

무엇보다도 고대 일본의 사무라이 전사들에게 진심으로 감사를 표합니다. 그들의 고귀한 덕목과 무사도 강령에 대한 변함없는 헌신은 시대를 초월한 영감의 원천이 되어 왔습니다. 정의, 용기, 연민, 존중, 성실, 명예, 충성심, 자제력에 대한 그들의 헌신이 이 책의 제작을 이끌었습니다.

저는 고대 수행자들과 그들이 여러 세대에 걸쳐 전수해 준 심오한 가르침에 무한한 감사를 표합니다. 몸과 마음, 정신의 통합에 대한 그들의 통찰력과 자기 인식, 마음챙김, 내면의 평화에 대한 강조는 요가와 무사도 코드의 통합을 위한 심오한 토대를 제공했습니다.

이 창작 과정 내내 변함없는 지지와 격려를 보내주신 가족과 친구들에게 감사드립니다. 이 책을 연구하고, 집필하고, 다듬는 수많은 시간 동안 저에 대한 믿음과 인내심이 큰 힘이 되었습니다.

이 비전을 실현할 수 있게 해준 Wings 출판사의 팀원들에게 감사의 마음을 전합니다. 책 집필에 필요한 팁과 요령을 알려준 Kailash Pinjani 와 Deepak Parbat 에게 감사의 말을 전하고 싶습니다. 글쓰기 여정 내내 저를 지도해준 사가르 가르베에게 특별한 감사를 표합니다. 제 비전을 창의력으로 발전시켜 준 Abhas Mangal 에게 큰 감사를 표합니다. 이 책의 페이지를 풍성하게 하고 진정성에 기여한 일본 문화에 대한 지식, 사무라이 삽화, 아이디어를 공유해 준 선 전문가이자 이키가이 코치인 산차리와 니란잔에게 특별한 감사를 표합니다.

마지막으로 '스트레스가 많은 삶 대 풍요로운 삶: 사무라이 방식으로 배우는 요가'의 독자 여러분께 진심으로 감사드립니다. 이 책이 내면의 힘, 균형, 조화를 향한 여정에서 영감, 지침, 변화의 원천이 되기를 바랍니다. 요가와 무사도 코드의 종합을 통해 일상에서 사무라이의 미덕과 요가의 지혜를 받아들일 수 있기를 바랍니다.

깊은 감사를 합니다,

스리데비 K.J. 미라잔 사

서문

다음 페이지인 "스트레스가 많은 삶 대 풍요로운 삶: 사무라이의 요가"에서는 요가의 영역과 사무라이 무사도의 고귀한 덕목을 연결하는 독특한 여정을 시작합니다. 이 책은 이러한 고대 철학 사이의 심오한 교차점을 탐구하고

현대인의 삶을 변화시키는 힘을 발견할 수 있습니다.

명예와 규율을 지키며 살았던 고대 일본의 사무라이 전사들에게서 영감을 얻어 그들의 고귀한 길을 안내한 원칙을 살펴봅니다. 정의, 용기, 연민, 존중, 성실, 명예, 충성심, 자제력은 그들의 존재의 근간을 이루며 그들의 생각, 행동, 상호 작용을 형성했습니다. 이러한 덕목에 대한 헌신을 통해 사무라이들은 균형, 정의, 조화에 뿌리를 둔 세상을 만들고자 했습니다.

이와 함께 인도 아대륙에서 시작된 고대 수련법인 요가의 시대를 초월한 지혜를 살펴봅니다. 요가는 몸과 마음, 정신의 일치를 추구하며 자기 인식, 마음챙김, 내면의 평화를 키우는 변화의 수련법입니다. 요가는 신체적 자세, 호흡 조절, 명상, 윤리적 원칙을 통해 요가는 개인이 신체적, 정신적 웰빙을 증진하는 동시에 자신과 세상과 더 깊은 관계를 형성할 수 있도록 돕습니다.

이 여정을 시작하면서 요가와 무사도 코드의 융합을 살펴보고, 이 두 철학의 심오한 유사점과 상호 보완적인 측면을

조명하고자 합니다. 침묵의 서약, 선과 미교 명상, 차 명상, 음식 명상, 사무라이 워크, 검 명상, 신체 훈련, 예술적 표현 등 내면의 힘과 집중력, 조화를 기르기 위해 사무라이들이 따랐던 수행법에 대해 알아본다.

이 책은 요가와 무사도 코드의 실타래를 함께 엮어 이러한 수행의 신체적, 정신적, 영적 측면이 어떻게 서로 조화를 이루고 증폭되는지 탐구하는 초대장입니다. 이 책은 요가 수련을 심화하면서 사무라이의 미덕을 받아들일 수 있는 실용적인 통찰력, 힘을 주는 일화, 접근 가능한 수련법을 제공합니다.

"스트레스가 많은 삶 대 풍요로운 삶: 사무라이 방식의 요가"는 신체적 활력을 키우고, 정신적 명료성을 기르고, 윤리적 행동을 함양하고, 자신과 세상과 더 깊은 관계를 형성하고자 하는 사람들을 위한 가이드북입니다. 이 책은 고대 지혜의 힘과 현대의 삶에서 계속되는 관련성에 대한 증거입니다.

이 여정을 시작하면서 요가와 무사도 규범의 통합을 통해 정의, 용기, 연민, 존중, 성실, 명예, 충성심, 자제력의 미덕을 구현하는 전사, 즉 내면의 전사를 일깨울 수 있기를 바랍니다. 여러분의 삶을 풍요롭게 하고 세상에 긍정적인 변화를 불러일으키는 균형, 힘, 조화의 길을 발견하길 바랍니다.

열린 마음과 탐험 정신으로 이 변화의 여정을 함께 시작합시다.

Vanakkam,
스리데비 K.J. 박사 샤미라잔

머리말

지혜의 구도자이자 정신의 전사인 동료 여러분, 나마스테! (아니면 이번 일본 여행에서는 콘니치와라고 해야 할까요?).

고대 무사도, 사무라이 기술, 요가의 마법 같은 세계로 신비로운 여행을 떠날 준비를 하세요. 그리고 그거 아세요? 바로 저희 제자 스리데비가 이 미친 모험을 안내합니다!

이 책은 당신의 삶을 변화시키거나 빛을 볼 수 있는 비법을 알려주는 책이 아닙니다. 이 책은 뿌리 깊은 철학을 이해하고 우리 조상들이 발견한 지혜를 적용하도록 독려하는 책입니다.

스리데비가 우리에게 처음 연락을 해왔을 때 그것은 우연이었습니다. 이키가이가 우리를 하나로 모았습니다. 우리는 이키가이 코치였고, 이키가이에 관한 책을 쓰고자 하는 그녀의 흥미를 끌었던 것이 바로 이키가이였습니다. 그 결과 대화와 아이디어 교환, 그리고 여러분이 몰입할 수 있는 이 글들이 탄생했습니다.

오늘날 이키가이와 젠은 인스타그램 캡션과 생산성 가이드에서 흔히 볼 수 있는 단어입니다. 하지만 이 일본어 단어의 뿌리는 더 깊습니다. 이 단어의 정의는 대중문화에서 볼 수 있는 4개의 원으로 이루어진 벤 다이어그램을 뛰어넘습니다.

멋진 검과 멋진 헤어스타일로 무장한 사무라이는 정의, 용기, 연민, 존경, 성실, 명예, 충성, 자제력이라는 8 가지 미덕에 따라 살았습니다. 이 덕목들은 그들의 초능력과도 같아서 명예롭고 멋진 세상을 만들도록 그들을 이끌었습니다.

하지만 잠깐만요, 더 있습니다! 스리데비가 사무라이의 비밀 기술을 모두 공개합니다. 그들은 침묵의 서약을 지키고, 선과 미교 명상을 하며, 기본적으로 무술의 달인이 되었습니다. 이 전사들은 자신의 내면에 있는 선(禪)을 찾아서 제대로 한 방 먹이는 방법을 알고 있었습니다!

이제 여러분, 몸과 마음, 영혼이 한데 어우러져 크고 즐거운 포옹을 하는 요가의 세계로 들어가 보겠습니다. 위대한 B.K.S. 아이엥가는 "요가는 인내할 필요가 없는 것은 인내하고, 인내할 수 없는 것은 인내하는 법을 가르친다"고 말했죠. 그러니 몸을 비틀고, 구부리고, 숨을 쉬면서 육체적 활력과 정신적 명료함, 그리고 자신과 우주에 대한 무한한 사랑을 얻을 준비를 하세요.

이 놀라운 책의 페이지를 넘기다 보면 스리데비의 말을 통해 진정한 영혼의 전사가 된 듯한 느낌을 받게 될 것입니다. 이 모험은 자아 발견, 개인적 성장, 그리고 인도식 지혜를 얻기 위한 거친 여정이 될 것이니, 여러분도 안전벨트를 단단히 매세요.

그러니 활짝 웃으며 차 한 잔을 손에 들고 이 장대한 여정을 함께 시작합시다. 내면의 전사를 깨우고, 내면의 볼리우드

악당을 포용하고, 무사도의 고대 가르침, 사무라이 기술, 활기찬 요가의 세계 속에 숨어 있는 마법을 발견할 준비를 하세요.

산차리와 니란잔
소울플로우 젠 아카데미 공동 설립자

소개

일상에서 우리는 수많은 문제를 겪게 되고, 그 문제를 해결하기 위해 가족, 친구 또는 직장을 도울 수도 있습니다. 하지만 잠시 시간을 내어 자신을 돌아본 적이 있나요? 스스로에게 몇 가지 질문을 던져 봅시다:

- 자신이 직면한 신체적, 정신적 문제를 알고 계십니까?
- 균형 잡힌 건강하고 풍요로운 삶을 살고 있나요?
- 업무에 대한 압박감 때문에 가족과 친구를 무시하나요?
- 나쁜 경험 때문에 하루를 망친 적이 있나요?
- 혼돈 속에서 하루를 시작하고 있나요?
- 직장 생활과 개인 생활에 만족하십니까?
- "진짜 나"를 알고 계신가요?

스스로에게 물어봐야 할 질문이 너무 많을 것입니다. 사회와 가족은 여러분의 다른 모습을 볼 수 있습니다. 다른 사람의 도움을 받는 것이 잘못된 것은 아니지만, 그들은 어느 정도 도움을 줄 수 있습니다. 그들은 당신의 완전한 모습을 알지 못합니다. 여러분은 다른 사람들이 눈앞에 있기 때문에 그들을 돌보는 것입니다.

목차

INTRODUCTION	1
요가 입문	3
사무라이의 힘	18
JUSTICE (Gi)	31
COURAGE (유)	42
컴패션(진)	54
RESPECT(레이)	65
무결성 (마코토)	77
명예(메이요)	98
충성(추)	110
자기 통제(지세이)	125
요가를 위한 무사도 코드	140
무사도 코드 기술 연습 집에서	152
저자 소개	168

INTRODUCTION

"다른 사람을 돕기 전에 먼저 자기 구조 연습을 하세요."- 모린 조이스 코널리.

이 책에서는 자기애, 자기 관리, 자기 규율, 자기 동기 부여, 자신감 등 모든 개인이 스스로를 돌보고 최고의 자신을 만드는 것의 중요성에 대해 이야기할 것입니다. 자신을 돌보는 것은 욕심스러운 일이 아니라는 점을 기억하세요. 다른 사람에게 자신을 돌봐달라고 의지하지 마세요. 옛 속담에 따르면 자조는 더 나은 삶을 영위하는 데 도움이 되기 때문에 최고의 도움입니다.

이 책에서 "SELF"로 시작하는 단어에 대해 이야기하는 이유는 자신을 의지하고, 신뢰하고, 표현하여 자신감 있고 행복한 삶을 살 수 있기 때문입니다. 자기 관리를 실천하기 시작하면 문제의 원인은 바로 자기 자신이며, 그 문제를 해결할 수 있는 사람은 오직 자기 자신뿐이라는 사실을 알게 될 것입니다.

이 책은 사무라이의 미덕과 요가의 지혜를 자신의 삶에 통합하도록 초대합니다. 실용적인 통찰력, 힘을 주는 일화, 접근하기 쉬운 수행법을 통해 정의, 용기, 연민, 존중, 성실, 명예, 충성, 자제력이라는 고귀한 덕목을 받아들이는 동시에 요가 수련을 심화시키고 균형 잡힌 조화로운 존재를 육성하는 방법을 발견하게 될 것입니다.

노련한 요가 수련자든, 무술 애호가든, 내면의 힘과 균형을 추구하는 사람이든 "스트레스가 많은 삶 대 풍요로운 삶: 사무라이의 요가"는 탐험과 변화의 길을 제시합니다. 이 책은 내면의 전사를 일깨워 시대를 초월한 미덕을 구현하고 일상생활에 적용할 수 있도록 도와주는 가이드북 역할을 합니다.

이 여정을 함께 시작하면서 여러분 자신과 세상과의 깊은 연결을 발견할 수 있기를 바랍니다. 정의, 용기, 연민, 존중, 성실, 명예, 충성심, 자제력의 원칙을 받아들여 균형과 힘, 조화의 삶을 향해 나아갈 수 있기를 바랍니다.

내면의 전사를 깨우고 자아 발견, 개인적 성장, 행복한 삶을 가꾸는 변화의 길로 나아갈 준비를 하세요. 요가와 무사도 코드의 융합을 통해 신체적, 정신적 경계를 넘어 자신, 타인, 주변 세계와 더 깊은 관계를 맺을 수 있는 여정을 시작하세요. 그럼 이제 무사도 요가를 통해 스트레스가 많은 일상을 극복하고 **풍요로운 삶으로 변화하는 방법을 알아보세요.**

요가 입문

자기 관리가 중요한가요?

우리는 항상 일에 몰두하다가 집에 돌아와서 휴식을 취하고 다시 하루를 시작하는 바쁜 세상에 살고 있습니다. 오늘날 열심히 일하는 사람들은 자신을 돌보지 못합니다. 그들은 항상 친구, 가족, 영화, 게임 등과 함께 자유 시간을 보내는 것을 선호합니다. 대부분의 사람들은 외적인 자아를 돌보고 내적인 자아를 소홀히 합니다. "진짜 나"의 목적을 이해하기 위해서는 우리의 생각을 돌보고 내면의 평화를 가져야 합니다.

자기 관리는 전반적인 웰빙을 유지하고 스트레스를 관리하기 위한 필수적인 실천입니다. 긴장을 풀고, 재충전하고, 자신을 돌보는 데 도움이 되는 다양한 자기 관리 기술이 있습니다. 요가는 몸과 마음, 정신에 총체적인 이점을 제공하기 때문에 훌륭한 자기 관리 기술로 여겨지곤 합니다. 요가의 역사와 고대 인도에서 요가가 어떻게 행해졌는지 이해하는 것이 중요합니다.

요가에 대한 오해

요가는 인도에서 5000 여 년 전에 행해졌던 고대 예술 형식 중 하나입니다. 요가 체계는 처음에 세이지 히란야 가르바에 의해 전파된 후 파탄잘리 마하리시에 의해 체계화되었습니다. 파탄잘리는 요가를 수집하여 책으로 만들었기 때문에 요가의 아버지라고 불리며, 이를 요가 수트라라고 부릅니다. 요가는 결합, 혼합 또는 조화를 의미하는 '유즈'라는 단어에서 유래했습니다. 몸과 마음은 우리의 생명 에너지와 조화를 이루어야 하며 이것이 요가 수행의 동기입니다.

이제 신화에 대해 이야기 해 봅시다. 모든 사람들은 아사나, 프라나 야마 및 명상을 연습하는 것이 진정한 요가라고 생각합니다. 요가 경전에는 네 개의 장으로 나뉜 196 개의 경전이 포함되어 있습니다.

사마디 온

사마디 파다는 51 개의 경전으로 구성되어 있으며 명상 중에 도달하는 행복감 또는 삼매 상태에 대해 다루고 있습니다. 삼매 상태에서는 의식이 자신을 완전히 인식하고 잡념이 없으며 완전한 상태에 머물러 있습니다. 신의 개념은 경전 1.27-1.28 에서 다루어지며, 파탄잘리는 프라나바(OM)와 그 반복의 중요성도 강조합니다. 프라나바는 모든 장애물이 사라지고 새로운 의식이 깨어나는 것을 의미하며, OM 은 과거, 현재, 미래 너머에 있는 것을 나타냅니다. 마음은 쾌락과 고통으로 인한 산만 함이 없어지고 균형 잡힌 상태가됩니다. 그것은 원초적 상태와 평형을 이루며 그 자체로 평화롭습니다.

사다나 켜기

55 개의 경전으로 구성되어 있습니다. 사다나는 수행을 의미하며 크리야 요가와 아쉬탕가 요가를 다룹니다. 카르마 요가와 크리야 요가는 같은 목적을 가지고 있으며, 바가바드 기타에서 크리슈나 경이 설명한 것처럼 행동의 결과에 대한 기대 없이 어떻게 행동해야 하는지에 대해 설명합니다.

파탄잘리 마하리시에 따르면 아쉬탕가 요가는 8 개의 팔다리로 구성되어 있으며 아래에 언급되어 있습니다.

1. 야마- 비폭력, 정직, 도둑질 금지, 금욕, 탐욕 금지와 같은 행동 강령에 따른 올바른 생활.
2. 니야마- 순결, 만족, 긴축, 성찰 및 신에 대한 묵상과 같은 의무를 통해 내면에 긍정적인 환경을 조성합니다.
3. 아사나- 신체적 수행을 통한 몸과 마음의 통합.
4. 프라나야마 - 호흡을 조절하고 통제하여 평온함을 얻습니다.
5. 프라티아하라- 외부 세계에 대한 지각에서 마음을 빼기.
6. 다라나-마음의 집중.
7. 디야나-명상과 관조.
8. 사마디-신과 하나가 된 상태.

비부티 온

비부티는 산스크리트어로 '힘' 또는 '현현'을 뜻합니다. 3 장에서는 다라나, 디야나, 사마디와 같은 아쉬탕가 요가의 마지막 세 가지 사지에 대해 설명합니다. 여기에는 요가 수련을 통해 얻을 수 있는 초능력 또는 싯디를 다루는 56 개의 경전이 포함되어 있습니다. 마음 파동의 주파수는 자연의 가장 깊은 비밀이 드러날 때 매우 낮거나 미묘한 수준으로 내려갑니다. 또한 마음의 힘을 통한 발현에 대해서도 이야기합니다. 우리가 가장 순수한 형태의 신성한 은총이 되려면 생각과 말과 행동의 순결이 가장 중요합니다.

카이발랴 온

카이발야는 "고립"을 의미합니다. 34개의 경전이 들어 있습니다. 그것은 목샤 또는 영혼의 해방에 대해 이야기합니다. 의식은 신과 합쳐지고 더 이상 마음의 움직임에 의해 방해받지 않으며 완전한 인식을 통해 도달할 수 있습니다. 카발야 파다는 해탈의 과정을 설명하며 카르마의 개념과 인과론에 대해 이야기합니다. 윤회로부터의 해방과 고통으로부터의 자유를 이해하는 데 도움이 되며, 목샤에 도달하기 위해 진정한 자아로 돌아가도록 인도합니다.

요가의 주된 목적은 운동, 호흡, 생각에 대한 성찰, 명상을 통해 자신을 바로잡아 신성한 상태와 합일할 수 있도록 행동 강령에 따라 긍정적이고 건강한 삶을 살도록 하는 것입니다.

라마야나의 요가

라마야나와 마하바라타와 같은 두 개의 위대한 서사시 이야기에 대해 들어보셨을 것입니다. 하지만 그 당시 모든 사람이 고결한 삶을 살기 위해 요가의 원리를 실천했다는 사실은 잘 알지 못합니다.

라마야나는 24,000개의 구절로 구성되어 있으며 트레타 유가를 배경으로 합니다. 아요디아 왕국의 라마 왕이 사랑하는 아내 시타를 라바나의 손아귀에서 구출하기 위해 동생 락슈마나, 하누만, 원숭이 군대의 도움을 받아 모험을 떠나는 이야기입니다.

발미키의 라마야나에서는 요가 경전의 철학을 설명하며, 요가 요소를 캐릭터로 묘사하고 사람들의 이해를 돕기 위해 이야기 형식으로 나레이션을 넣었습니다. 또한 달마의 위대함을 상징하는 모든 캐릭터를 통해 덕목과 달마에 대해 설명합니다. 이 책에는 고대 시대의 파탄잘리 마하리시의 업적을 반영하는 다양한 명상 수행법이 언급되어 있습니다.

라마야나의 팔다리 요가

라마야나에서 라마는 종종 법의 원칙을 구현한 존재로 여겨지며, 정의의 길을 따르는 이상적인 인간으로 묘사됩니다. 반면에 라바나는 악의 화신이자 자신의 자존심과 욕망에 따라 움직이는 인물로 묘사됩니다. 라마와 라바나 모두 삶의 여러 측면에 능숙했지만 요가의 팔다리에 관해서는 서로 다른 길을 따랐다고 할 수 있습니다.

- 야마(구속): 라마 캐릭터는 스토리 전반에 걸쳐 행동과 결정에서 이러한 자질을 잘 보여주기 때문에 이 사지를 대표합니다.

- 니야마 (준수): 시타의 캐릭터는 라마에 대한 변함없는 헌신과 타인에 대한 이타적인 봉사로 이러한 자질을 구현하기 때문에 이 사지를 대표합니다.

- 아사나(자세): 하누만의 캐릭터는 하누마나사나(스플릿), 바시스타사나 (사이드 플랭크), 찬드라사나 (반달 및 보름달), 비라사나 (영웅 자세), 타다사나 (산 자세), 가루다사나 (독수리 자세) 등 다양한 요가 자세에서 자주 묘사되는 만큼 이 사지를 대표합니다,

- 프라나 야마 (호흡 조절): 프라나야마가 집중력과 꾸준한 호흡 조절을 필요로 하는 것처럼 바라타는 라마가 망명하는 동안 라마를 대신해 아요디아를 통치하는 섭정으로서의 의무를 굳건히 지켰기 때문에 바라타의 캐릭터는 이 사지를 대표합니다. 그의 흔들리지 않는 헌신과 자제력, 침착한 태도는 호흡 조절과 통제 수련을 통해 길러진 자질을 잘 보여줍니다.

- 프라티아하라 (감각 철수): 락슈마나의 캐릭터는 종종

외부의 산만함에서 벗어나 자신의 의무와 책임에만 집중할 수 있는 것으로 묘사되기 때문에 이 사지를 대표합니다.

- 다라나(집중): 라바나의 캐릭터는 다양한 과학과 예술을 연구하는 데 엄청난 집중력과 집중력을 가진 것으로 묘사되지만, 그의 집중력은 그의 자존심과 권력에 대한 욕망에 의해 좌우되는 것으로 묘사되기 때문에 이 팔다리를 대표합니다.

- 디야나(명상): 발미키의 캐릭터는 라마야나를 작곡하기 전에 명상을 했다고 믿기 때문에 이 팔다리를 나타냅니다. 발미키의 깊은 성찰과 깨달음, 그리고 서사시를 작곡한 명상 상태는 디야나 수행을 반영합니다.

- 사마디 (신과의 합일): 라마는 완벽한 미덕과 헌신의 삶을 살면서 신과 하나가 된 상태를 달성했다고 믿기 때문에 라마의 캐릭터는 다시 이 사지를 대표합니다. 그의 여정, 시련, 그리고 궁극적인 승리는 영적 깨달음과 합일을 향한 길을 상징합니다.

-

요가의 방식으로 바라본 라마야나의 해석

이러한 팔다리와 관련된 많은 관행은 라마야나 이야기 속 등장인물들의 행동과 행동에서 관찰할 수 있습니다. 다음은 요가적인 방식으로 해석할 수 있는 몇 가지 예입니다:

- 라마 왕의 삶은 고통과 아픔으로 가득합니다. 하지만 라마 국왕은 이 시험적이고 어려운 시기에도 삶의 원칙과 가치에 타협하지 않고 균형을 유지하며 고결한 삶을 살아갑니다.

- 라마 국왕의 행동은 타인에 대한 의무와 책임을 다하기 위한 것입니다. 이타적이고 이타적인 삶에도 불구하고 그는 매 순간 행복하고 평화로운 삶을 살고 있습니다.
- 라반은 진정한 고대 요기입니다. 그러나 생각, 마음, 자아의 변동으로 인해 그는 힘든시기에도 요가의 팔다리를 따랐던 라마에게 패배했습니다.
- 라마야나를 해석하고 모든 인간은 태어날 때부터 라마(선)와 라반(악)이라는 교훈을 배워봅시다. 요가의 8가지 팔다리를 수련하여 우리 안에 있는 라반을 죽이고 윤리적인 삶을 살면 람의 모습으로 변화하여 사마디 상태에 도달할 수 있습니다.

마하바라타의 요가

요가 과학에 있어 매우 중요한 또 다른 실화는 마하바라타입니다. 약 5000년 전에 살았던 크리슈나 경의 이야기입니다. 현자 뱌사가 쓴 마하바라타는 20만 개 이상의 개별 구절로 구성된 가장 오래 알려진 서사시 중 하나로 드바파라 유가를 배경으로 합니다. 쿠룩세트라 전쟁에서 하스티나푸라의 왕좌를 차지하기 위해 싸우는 판다바스와 카우라바스라는 두 가문의 이야기를 담고 있습니다.

마하바라타의 팔다리 요가

마하바라타에서는 종교, 철학, 정의, 습관, 관습, 왕과 왕국, 무한한 지혜를 가진 현자와 선견자 등 다양한 요가 주제에 대해 이야기합니다. 마하바라타의 관점에서 요가의 중요성에 대해 알아보세요.

- 야마(구속): 크리슈나 신은 아르주나에게 적들 앞에서 자제력과 절제력을 발휘하라고 조언합니다. 카우라바, 특히 두료다나는 종종 비윤리적인 방식으로 행동하는 반면, 유디쉬티라가 이끄는 판다바는 법의 원칙을 따르기 위해 노력합니다.

- 니야마(준수): 판다바족은 활쏘기와 싸움에 대한 그들의 헌신을 보여줍니다. 카우라바족은 특히 음식과 음료를 과도하게 섭취하는 등 방종한 모습으로 묘사됩니다.

- 아사나 (자세): 카우라바와 판다바는 모두 체력과 민첩성을 중시하는 숙련된 전사입니다.

- 프라나 야마 (호흡 조절): 카우라바와 판다바는 특히 전투나 기타 육체적으로 힘든 상황에서 호흡을 조절할 수 있는 것으로 알려져 있습니다.

- 프라티아하라 (감각 철수): 판다바족, 특히 아르주나족은 감각을 억제하고 목표에 집중할 수 있는 반면, 카우라바족은 개인적인 욕망으로 인해 주의가 산만해지는 경우가 많습니다.

- 다라나(집중): 카우라바와 판다바 모두 다양한 수준의 집중력과 집중력을 발휘하며, 특히 전투 및 기타 위급한 상황에서 더욱 그렇습니다.

- 디야나(명상): 판다바족, 특히 유디쉬티라와 아르주나는 명상과 기도를 포함한 강력한 영적 수행을 하는 것으로 묘사됩니다. 반면에 카우라바는 세속적인 추구와 물질적 부에 더

집중하는 것으로 묘사됩니다.

- 삼매 (신과의 결합): 판다바, 특히 아르주나는 영적 수행과 크리슈나 신에 대한 헌신을 통해 신과 하나가 된 상태를 달성한 것으로 보여집니다. 반면에 카우라바족은 영적 추구는 거의 강조하지 않고 왕국의 권력에 더 집중하는 것으로 보입니다.

요가의 방식으로 본 마하바라타의 해석

요가의 팔다리는 마하바라타에 명시적으로 언급되어 있지는 않지만, 이 팔다리와 관련된 많은 원칙과 수련법은 이야기 속 등장인물의 행동과 행동에서 관찰할 수 있습니다. 다음은 몇 가지 해석입니다:

- 판다바스와 카우라바스는 사촌 사이로 양쪽 모두 재능이 뛰어났지만, 판다바스는 요가의 길을 걸었습니다. 위대한 요가 스승인 크리슈나 경은 전쟁 내내 아르주나를 인도했습니다.

- 카우라바와 카르나는 위대한 전사였지만 생각, 자아, 사고방식의 불균형으로 인해 전투에서 패배했습니다.

- 마하바라타를 해석하고 우리는 태어날 때부터 판다바스(선)와 카우라바스(악)이며, 각 캐릭터는 우리 안에 있는 감정이라는 교훈을 배워봅시다. 우리는 균형 잡힌 삶을 살기 위해 우리 자신의 생각, 마음, 건강한 습관, 운동, 명상, 친구, 적, 선생님, 가족 등을 위해 노력해야 합니다.

바가바드 기타 요가

"신의 노래"라고도 불리는 바가바드 기타는 700 개의 구절 또는 슬로카로 구성되어 있으며 마하바라타의 일부입니다. 쿠룩셰트라의 전장을 배경으로 아르주나와 크리슈나가 대화하는 형식으로 되어 있습니다. 영혼은 불멸하며 생로병사의 굴레에서 벗어나야 한다는 가르침을 담고 있습니다. 본문은 박티 요가, 카르마 요가, 라자 요가, 그나나 요가의 중요성을 강조하는 18개의 장으로 구성되어 있습니다. 요가 수련은 죄의 흔적을 없애는 데 도움이 되며, 이는 더 높은 자아와 신을 실현하는 데 절대적으로 필요합니다.

외부 대상의 매력에서 벗어나 마음을 내면으로 돌려 절대 진리에 집중하고 영적 지혜의 길을 닦는 것은 거북이가 조개껍질로 자신을 끌어당기는 방식에 비유할 수 있습니다. 아그나 차크라에 집중하여 그나나를 찾는 방법은 5장 27절과 28절에 언급되어 있습니다.

바가바드 기타의 여섯 번째 장에서 크리슈나는 마음과 감각을 조절하는 수단으로서 아쉬탕가 요가 또는 명상의 과정을 설명합니다. 수행자는 명상하는 동안 천, 사슴 가죽 또는 풀로 된 매트리스에 단단히 앉는 것이 좋습니다. 그러면 감각 기관에서 마음이 물러나 집중하게 됩니다. 몸과 머리, 목은 움직이지 않고 일직선이 되어야 합니다. 눈은 코끝과 마음에 집중하고 창문이없는 방의 램프 불꽃처럼 생각이없고 안정된 상태를 유지해야하며 신을 깨닫기 위해 아그나 차크라를 명상해야합니다. 식사, 수면, 여가, 일의 습관을 조절하는 사람은 요가 수행을 통해 모든 물질적 고통을 완화하고 모든 물질적 욕망에 자유를 주어 사마디 상태에 도달할 수 있습니다.

8 장에서는 옴 만트라의 힘에 대해 이야기합니다. 눈을 감고 마음을 심장과 머리 꼭대기의 생명공기에 고정시킨 채 요가 수행에 몰입하여 글자의 최고 조합인 성스러운 음절 옴을 진동시키면서 신격의 최고 인격을 생각하고 육체를 내려놓으면 반드시 궁극의 진리에 도달할 수 있다는 것이다. 12 절과 13 절에서는 옴 만트라를 외우면서 쿤달리니를 물라다라에서 사하스라라 차크라로 끌어올리는 것이 중요하다고 언급하고 있습니다.

바가바드 기타의 팔다리 요가

마하바라타의 일부인 바가바드 기타는 파탄잘리 요가 수트라에 설명된 요가의 팔다리에 대한 포괄적인 설명을 제공합니다. 다음은 바가바드 기타에서 각 팔다리가 어떻게 설명되는지에 대한 간략한 개요입니다:

- 야마(윤리 지침): 크리슈나 경은 아르주나에게 폭력과 부정직과 같은 해로운 활동을 삼가면서 야마를 실천하라고 조언합니다.

- 니야마(자기 훈련): 크리슈나 경은 아르주나에게 순결, 자제력, 신에 대한 헌신과 같은 미덕을 함양하여 니야마를 수행하라고 조언합니다.

- 아사나(신체적 자세): 크리슈나 경은 명상을 수행하기 위해 안정되고 편안한 자세로 앉는 것의 중요성에 대해 설명합니다.

- 프라나 야마 (호흡 조절): 크리슈나 경은 아르주나에게

마음을 진정시키고 의식을 집중시키기 위해 프라나야마를 연습하라고 조언합니다.

- 프라티야하라 (감각의 철수): 크리슈나 경은 아르주나에게 외부 세계의 산만함으로부터 감각을 돌리고 내면에 집중하는 프라티아하라를 수행하라고 조언합니다.

- 다라나 (집중): 크리슈나 경은 아르주나에게 신의 형상에 마음을 고정하고 자신의 신성한 자질에 대해 명상함으로써 다라나를 수행하라고 조언합니다.

- 디야나(명상): 크리슈나 경은 아르주나에게 다음과 같이 조언합니다.

- 신의 신성한 형상을 명상하고 그분과 합일 상태에 들어가서 디야나를 수행하라고 조언합니다.

- 삼매(신과의 결합): 요가의 궁극적인 목표는 신과의 합일, 즉 사마디에 도달하는 것입니다. 크리슈나 경은 사마디가 신에게 완전히 흡수된 상태, 즉 개인의 자아가 우주 의식과 합쳐진 상태라고 설명합니다. 그는 아르주나에게 영적 수행의 궁극적인 목표로 이 합일 상태를 위해 노력하라고 조언합니다.

우리는 파탄잘리 요가, 라마야나, 마하바라타, 바가바드 기타의 기본 아이디어를 얻기 위한 요가 원리를 살펴봄으로써 고대 인도에서 아슈탕가 요가의 팔다리가 어떻게 수행되었는지 누구나 이해할 수 있도록 했습니다. 요가는 아사나, 프라나야마, 디야나에만 국한된 것이 아니라는 점을 이해해야 합니다. 고대 서적에서도 자기 관리가 필요하며 그렇게하지 않으면 우리 자신의 파멸로 이어진다고 제안했습니다. 그것은 몸과 마음과 영혼을 통합하는 과학입니다. 이러한 기본 아이디어는 독자들이 이 책의 다음 장을 이해하는 데 도움이 될 것입니다.

사무라이의 힘

사무라이 워리어 소개

사무라이는 11 세기부터 19 세기까지 행정과 전투를 담당했던 일본의 전사 계급으로, 일본의 역사와 문화에서 중요한 역할을 담당했습니다. 이들은 '무사의 길'이라는 뜻의 일본어인 무사도라는 엄격한 행동 규범을 따랐습니다. 그들은 엄격한 원칙이 있는 행동 강령에 따라 군주에게 충성하고 군주를 수호하며 일본의 군사 및 정치 지형을 형성하는 데 중요한 역할을 했습니다.

사무라이 전사들은 무술, 궁술, 승마, 수영, 펜싱에 능했으며 전쟁과 전략에 능숙했습니다. 그들은 전투에서 패배할 수 없는 강력한 전사였습니다. 그들은 스타일과 우아함, 기품으로 유명했습니다. 그들은 시, 암석화, 단색 수묵화, 서예, 문학, 다도, 꽃꽂이 등의 교육을 받았으며, 이는 그들의 삶의 방식에 반영되었습니다. 그들은 문학, 철학, 예술 분야에서 많은 교육을 받았습니다.

스트레스가 많은 삶 대 풍요로운 삶

온나 무샤와 온나 부게이샤

사무라이 전사는 남성뿐만 아니라 인상적인 여성 사무라이 그룹도 존재했으며, 그들은 남성 전사들만큼 강력하고 영리하며 치명적이었습니다. 온나-부게이샤/무샤(여전사)는 전근대 일본의 여성 사무라이 전사입니다. 이 여성들은 남성 사무라이와 함께 전투에 참여했습니다. 온나 무샤는 봉건 일본의 부시(전사) 계급에 속해 있었으며 전쟁 시 집안과 가족, 명예를 지키기 위해 무기 사용법을 훈련받았습니다. 온나부게이샤는 일본 제국 전역에서 마을을 보호하고 학교를 열어 젊은 여성들에게 무술과 군사 전략을 교육했습니다. 온나-부게이샤는 방어적인 전투 여성 전사를, 온나-무샤는 공격적인 전투 여성 전사를 의미합니다.

부시도 코드

사무라이는 고대 일본 사회의 귀족 계급에 속했던 전사들로, 윤리적인 삶을 살기 위해 무사도 규범을 따랐습니다. 무사도는 사무라이의 태도, 행동, 생활 방식에 관한 도덕 규범으로, 에도 시대에 공식화되었습니다. 무사 계급을 위한 원칙과 도덕의 불문율이었습니다. 무사도의 주요 초점은 사무라이 전사들에게 특정한 윤리적 규범을 준수하는 자제력을 가르치는 것이었습니다. 무사도 강령에 담긴 삶의 가치는 전사들이 명예와 충성심을 지키고 다른 사람에게 연민을 베푸는 것과 관련이 있습니다. 이는 사무라이가 태어나서 죽을 때까지 삶을 영위하는 데 지침이 되었습니다. 니토베 이나조에 따르면 무사도의 8 가지 덕목은 다음과 같습니다.

1. 정의 (기)
2. 용기 (유)
3. 연민(진)
4. 존중(레이)
5. 성실(마코토)
6. 명예(메이요)
7. 충성(추)
8. 자제력(지세이)

이러한 원칙에 대한 사무라이의 확고한 신념은 개인의 인격을 형성했을 뿐만 아니라 일본 사회의 구조에도 영향을 미쳤습니다. 이 원칙은 사무라이의 행동, 사고방식, 삶의 방식을 형성하는 일련의 원칙과 가치를 포괄했습니다.

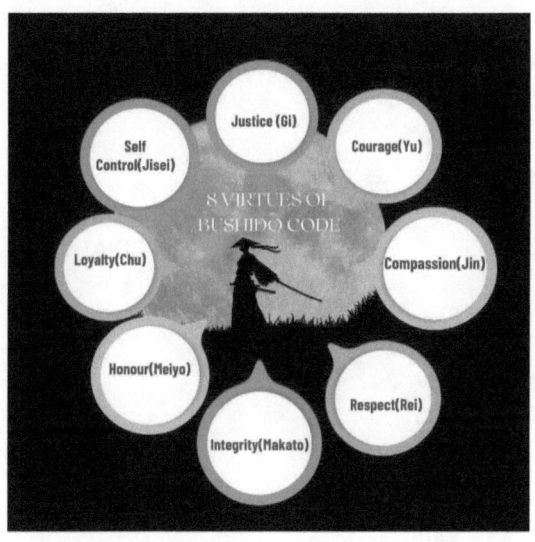

사무라이가 사용하는 무기

일본 역사에서 전설적인 인물인 사무라이 전사들의 무기는 전투 도구일 뿐만 아니라 그들의 명예와 기술, 변함없는 충성심의 상징이기도 했습니다. 세심하게 제작되고 능숙하게 휘두르는 이 무기는 사무라이의 무술 실력과 정체성을 형성하는 데 중추적인 역할을 했습니다.

카타나: 사무라이 정체성의 상징

휘어진 외날의 검인 카타나는 사무라이 전사의 무기의 전형입니다. 뛰어난 날카로움과 균형감으로 유명한 카타나는 사무라이의 영혼을 상징합니다. 여러 겹의 강철을 겹겹이 쌓는 세심한 공정을 통해 만들어진 카타나는 아름다움과 치명적인 효율성을 모두 갖추고 있었습니다. 신속하고 정확한 타격이 가능하도록 설계된 이 칼은 사무라이의 무술 실력과 군주에 대한 변함없는 헌신을 상징하는 상징물이 되었습니다.

와키자시: 동반자 검

와키자시는 카타나와 비슷한 디자인의 짧은 검으로 사무라이의 보조 무기로 사용되었습니다. 카타나와 함께 착용하는 와키자시는 사무라이의 사회적 지위와 전투 준비 태세를 나타내는 상징이었습니다. 와키자시는 근접 전투에 사용될 뿐만 아니라 사무라이의 삶을 지배하는 행동 규범인 무사도에 대한 사무라이의 헌신을 상징하는 의례적인 용도로도 사용되었습니다.

유미: 활 마스터하기

일본의 전통 활인 유미는 사무라이의 무기고에서 중요한 무기였습니다. 사무라이가 활쏘기에 능숙하다는 것은 그들의 기술, 정확성, 원거리 공격 능력을 입증하는 증거였습니다. 대나무, 나무, 동물의 힘줄을 조합하여 만든 유미는 일반적으로 수년간의 연습이 필요했습니다. 활쏘기는 전쟁, 사냥, 의식에서 중요한 역할을 담당하며 사무라이의 다재다능함과 규율을 보여줬습니다.

나가나타: 다재다능함의 장대

칼날이 구부러진 장창인 나가나타는 사무라이 전사들, 특히 사무라이의 여성 상대인 온나부게이샤가 휘두르는 강력한 무기였습니다. 긴 사정거리와 다용도로 기마병과 보병 모두를 효과적으로 방어할 수 있었습니다. 종종 복잡한 디자인으로 장식된 나가나타는 사무라이의 미적 감각을 보여주는 동시에 전투에서 사용할 수 있는 강력한 무기를 제공했습니다.

기타 무기 및 도구

사무라이 전사들은 카타나, 와키자시, 유미, 나기나타 외에도 다양한 무기와 도구를 사용했습니다. 여기에는 탄토(근접 전투에 사용되는 단검), 타치(기병이 주로 사용하는 긴 검), 야리(창), 수리검(투척용 별)이 포함됩니다. 각 무기에는 고유한 목적이 있으며, 숙달하려면 특별한 훈련이 필요했습니다.

일본의 고귀한 전사들의 삶 속의 종교

종교는 사무라이의 신념과 가치관, 일상생활을 형성하는 데 중요한 역할을 했으며, 특히 두 가지 중요한 정신적 영향에 초점을 맞췄습니다: 선불교와 신도. 이러한 종교적 전통을 통해 사무라이들은 지도와 내면의 힘, 깨달음을 추구하며 전사로서의 의무와 영적 깨달음에 대한 추구 사이에서 균형을 잡았습니다.

선불교: 명상과 내적 성찰의 길

인도의 승려인 보리달마는 전통적으로 선불교의 계보에서 28대 교조로 여겨집니다. 그는 기원전 5세기 또는 6세기에 인도에서 중국으로 건너가 대승불교와 대승불교의 가르침을 전했습니다. 보리달마가 강조한 직접 체험, 내면의 성찰, 명상을 통한 깨달음의 성취는 훗날 선불교로 발전하는 데 밑거름이 되었습니다.

12세기에 일본에 전래된 선불교는 사무라이의 정신세계에 큰 영향을 미쳤습니다. 선은 깨달음을 얻기 위한 수단으로 직접적인 체험과 명상을 강조했습니다. 사무라이들은 선의 가르침을 받아들여 수양, 자기 성찰, 인생의 무상함을 강조하는 선의 가르침에서 위안을 얻었습니다. 선 명상(좌선)은 사무라이들에게 집중력, 정신적 명료함, 분리감을 기르는 방법을 제공하여 전투와 죽음의 불확실성에 침착하게 대처할 수 있게 해 주었습니다.

보리달마의 가르침은 사무라이들의 자아에 대한 인식, 현실의 본질, 깨달음 추구에 변혁적인 영향을 미쳤습니다. 산만하지 않은 인식과 자발적인 행동을 특징으로 하는 선의 '무념무상'(무심) 개념은 전투 중 두려움, 망설임, 자아를 초월하려는 사무라이의 이상과 밀접하게 일치했습니다. 존재감과 내면의 고요함을 수련하는 것은 사무라이의 훈련과 생활 방식에 필수적인 요소가 되었습니다.

사무라이의 행동 규범인 무사도는 선불교와 깊이 얽혀 있었습니다. 무사도는 충성심, 명예, 자기 수양과 같은 도덕적 덕목을 강조합니다. 마음 챙김과 자제력을 강조하는 선의 가르침은 사무라이의 일상 생활에서 이러한 가치를 더욱 강화했습니다. 선은 사무라이들이 직면한 복잡한 도덕적 딜레마를 헤쳐나가고 윤리적 행동과 자기 개선을 위해 노력할 수 있는 철학적 틀을 제공했습니다.

신도: 조상 숭배와 자연에 대한 경외심

일본의 토착 종교인 신도 역시 사무라이에게 매우 중요한 종교였습니다. 조상신 숭배와 자연신 숭배에 뿌리를 둔 신도는 사무라이에게 혈통과 대지와의 정신적 유대감을 제공했습니다. 정화 의식과 제물과 같은 신도 의식은 사무라이의 삶에서 빼놓을 수 없는 부분으로, 영적 보호와 신의 축복을 보장했습니다.

사무라이는 자연을 숭배하고 모든 존재가 서로 연결되어 있음을 인식하면서 주변 세계와의 조화를 추구했습니다. 그들은 신과 자연이 분쟁의 시기에 자신들에게 유리하게 개입하여 그들을 보호하고 승리를 안겨줄 수 있다고 믿었습니다. 사무라이들은 전장에서의 성공과 생존을 깊은 감사와 헌신의 마음을 키운 덕분이라고 생각했습니다.

선불교와 신도의 합성

사무라이들은 선불교와 신도를 별개의 종교로 보지 않고 이 두 종교 전통을 종합적으로 받아들였습니다. 그들은 자기 수양과 내면의 성찰을 강조하는 선불교와 자연과 조상신을 숭배하는 신도의 공존에서 조화를 찾았습니다. 사무라이들은 명상의 고요함과 영주와 국토를 수호해야 하는 신성한 의무 사이에서 균형을 잡으려고 노력했습니다.

사무라이들이 따랐던 영적 수행은 그들의 삶뿐만 아니라 일본의 광범위한 문화와 예술적 풍경을 형성하며 지속적인 유산을 남겼습니다. 선불교와 신도의 융합은 다도, 무술, 시와 서예와 같은 예술적 표현을 포함한 사무라이 문화의 다양한 측면에 영향을 미쳤습니다. 이러한 종교적 관습은 사무라이의 행동 규범을 형성하고 정신적 위안을 주었으며 일본 문화에 지울 수 없는 흔적을 남겼습니다.

현재 라이프스타일의 무사도 코드

바쁜 일정, 야근, 주말의 과중한 업무량, 직장 생활과 개인 생활의 불균형, 금전 문제, 건강 문제 등으로 인해 우리 삶에는 많은 어려움이 있습니다. 그러나 무사도 코드는 우리 자신이 삶의 전사이기 때문에 현재의 라이프스타일 시나리오에 적용될 수 있습니다. 사무라이 전사는 무술 훈련과 전투에 매우 능숙하며 일상 생활에서의 행동과 행동으로 인해 자신의 삶을 잘 관리할 수 있습니다. 무사도 코드를 현대 생활에 어떻게 적용하고 스트레스 많은 삶에서 풍요로운 삶으로 변화하는 데 어떻게 도움이 되는지 살펴봅시다.

- 마음가짐의 중요성
- 내면의 힘 균형 잡기
- 새로운 기술 배우기
- 자기계발
- 자신의 강점과 약점 인식하기
- 긍정적인 태도 유지
- 신뢰할 수 있는 사람 되기
- 기꺼이 위험을 감수하는 사람
- 감정 관리 및 통제 능력
- 다른 사람들이 용기를 갖도록 격려하기
- 새로운 도전에 직면하기
- 두려움 극복
- 새로운 상황에 적응하기
- 연장자, 동료 동지, 적에 대한 존중

이제 사무라이 전사가 따랐던 무사도 강령의 8 가지 덕목에 대해 이야기해 보겠습니다. 우리는 매일 해결해야 할 문제들이 있습니다. 우리는 스트레스를 받으며 하루를 시작하고 끝냅니다. 하지만 사무라이 전사들은 항상 무사도 규범을 따르며, 무사도 규범은 개인 생활과 직업 생활에서 어떻게 행동해야 하는지에 대한 지침을 제공합니다. 풍요로운 삶을 찾으려면 육체적으로 강하고, 정신적으로 균형 잡히고, 영적으로 흥분해야 하는 여정을 떠나야 합니다. 이제 우리는 사무라이들이 무사도 규범을 그들의 삶에서 어떻게 구현했는지, 그리고 그들이 따르는 기술을 알아보고 일상적인 요가 생활에서이 스타일을 구현할 수 있는 방법을 알게 될 것입니다.

JUSTICE (Gi)

"정의에 관해서는 주위를 둘러보지 마세요. 거울을 보세요."
- *마이클 스투트먼.*

우리는 스스로에게 정의를 내리는가

- 우리 몸과 마음에 대한 정의를 우선시하지 않으면 어떤 결과가 초래되며, 우리의 전반적인 웰빙에 어떤 영향을 미칠까요?
- 우리 몸과 마음에 대한 정의의 부재는 어떤 방식으로 자기 방임과 자신의 필요를 무시하는 데 기여합니까?
- 우리 몸과 마음에 대한 정의를 무시할 때의 위험과 위험은 무엇이며 신체적, 정신적 건강에 어떤 영향을 미칩니 까?
- 우리 몸과 마음에 대한 정의의 결여가 어떻게 자기 파괴적인 행동과 패턴을 영속화시키는가?
- 우리 몸과 마음을 위한 정의를 달성하는 데 있어 한계와 도전은 무엇이며 어떻게 극복할 수 있을까요?
- 우리 몸과 마음에 대한 정의의 부재가 정신 건강 상태의 발달과 악화에 어떻게 기여하는가?
- 자존감, 자존감, 자기 관리 측면에서 우리의 몸과 마음에 정의를 부여하지 않는 것이 의미하는 바는 무엇인가요?
- 정의에 대한 무시가 신체적, 정서적으로 자신의 필요를 인식하고 해결하는 능력을 어떻게 방해하나요?
- 몸과 마음에 대한 정의를 소홀히 하면 장기적으로 어떤

결과가 초래되며, 전반적인 삶의 질에 어떤 영향을 미칠까요?

• 우리 몸과 마음에 대한 정의의 결여가 어떻게 불만, 불행, 우리 자신과의 단절감으로 이어질 수 있을까요?

우리의 몸과 마음은 우리의 전반적인 웰빙의 필수적인 부분이기 때문에 우리 자신의 몸과 마음에 정의가 필요합니다. 우리의 몸과 마음에 정의를 부여하는 것은 우리의 웰빙의 우선순위를 정하고, 우리의 필요를 해결하며, 우리 자신을 대할 때 공정성을 보장하기 위해 고의적인 행동을 취하는 것을 포함합니다. 이는 자기 인식과 자기 연민이 필요한 지속적인 과정입니다. 자기 발견과 자기 관리의 여정은 보다 조화롭고 만족스러운 삶으로 이어질 수 있습니다. 사무라이들이 일상에서 정의를 어떻게 사용했는지 알아봅시다.

JUSTICE(기)

정의는 사회 질서를 유지하고 공정성을 지키며 사회의 공동 복지를 보존하기 위한 사무라이의 노력에서 필수적인 부분을 차지했습니다. 사무라이들은 정의로운 사회를 위해서는 자원, 기회, 권리가 공평하게 분배되어야 한다는 것을 이해했습니다. 그들은 이러한 균형을 유지하는 것이 사회적 안정과 공동체의 전반적인 복지를 위해 매우 중요하다고 믿었습니다. 사무라이들은 행동을 통해 불균형을 바로잡고, 공정성을 증진하며, 모든 개인이 존엄성과 존중을 받을 수 있도록 노력했습니다.

정의를 추구하기 위해 사무라이들은 개인적인 편견이나 외부

압력에 관계없이 정의와 공평에 따라 결정을 내리고 행동을 취해야 했습니다. 사무라이들은 엄격한 행동 강령을 준수함으로써 공정하고 공평한 대우가 만연한 환경을 조성하고자 했습니다.

사무라이들은 지역 사회 내 갈등과 분쟁을 해결하는 데 중요한 역할을 했습니다. 그들은 가능한 한 평화적인 방법으로 화합을 회복하고 분쟁을 해결하고자 노력하며 중재자 역할을 했습니다. 정의에 대한 사무라이의 헌신은 모든 관점을 고려하고, 공평하게 증거를 검토하며, 공정하고 정의로운 판결을 내리는 것을 요구했습니다. 지혜롭고 공정하게 갈등을 해결하는 그들의 능력은 사회의 전반적인 안정과 안녕에 기여했습니다.

사무라이 방식의 정의

사무라이들은 특히 갈등이나 긴장이 고조되는 순간에 내면의 평온함과 침착함을 유지하는 데 침묵의 힘을 잘 알고 있었습니다. 침묵을 지킴으로써 감정을 조절하고 충동적인 반응을 피하며 명확하고 집중력 있는 마음으로 상황에 접근할 수 있었습니다. 이러한 감정 조절을 통해 분노나 동요의 영향을 받지 않고 보다 객관적이고 공정한 결정을 내릴 수 있었습니다.

사무라이 전사는 항상 정의로운 태도를 유지하고 평정심을 가지고 결정을 내립니다. 그들은 전투 중에 사람을 죽일 수는 있지만 행동 강령에 따라 무고한 사람들을 방해하지는 않습니다.

침묵을 통해 사무라이들은 예리한 관찰자가 되고 세심한 경청자가 될 수 있었습니다. 불필요한 말을 삼가면서 주변을 예리하게 관찰하고 상대를 연구하며 귀중한 정보를 수집할 수 있었습니다. 이렇게 높아진 인식력은 상황을 더 잘 평가하고, 다른 사람의 동기를 이해하며, 정보에 입각한 판단을 내릴 수 있게 해주었고, 이 모든 것이 효과적으로 정의를 구현하는 데 결정적인 역할을 했습니다.

현명한 원숭이 세 마리

세 마리의 지혜로운 원숭이는 "악을 보지 말고, 악을 듣지 말고, 악을 말하지 말라"는 격언을 상징하는 일본의 그림 속 격언입니다. 사무라이는 전사이자 무사도 규범의 수호자로서 세 마리의 현명한 원숭이가 상징하는 원칙과 일치하는 특정 이상을 공유했습니다. 구체적인 연관성은 추측일 수 있지만, 사무라이와 삼장법사의 잠재적 관계를 탐구해 보면 그들이 공유한 가치에 대해 알 수 있습니다.

악을 보지 않는 미자루, 눈을 가린 채로

사무라이는 도덕적 청렴성과 의로움을 지켜야 했습니다. 그들은 순수함을 유지하고 부도덕한 행동에 관여하거나 지지하지 않기 위해 노력했습니다. 이러한 사무라이의 성격은 "악을 보지 않는다"는 원칙과 유사하다고 볼 수 있습니다. 사무라이는 부당하거나 불명예스러운 행위에 의식적으로 참여하지 않기로 선택함으로써 정의를 옹호하고 자신의 도덕적 지위를 유지하고자 했습니다.

귀를 막고 악을 듣지 않는 키카자루

사무라이들은 진실, 청렴, 명예로운 행동의 중요성을 매우 강조했습니다. 그들은 말을 할 때 신중을 기하고 가십, 허위, 비방을 피해야 했습니다. 정직한 커뮤니케이션을 위한 이러한 노력은 "악의적인 말을 듣지 않는다"는 원칙과도 일맥상통합니다. 사무라이들은 해로운 소문에 관여하거나 유포하지 않음으로써 신뢰와 공정성의 환경을 조성하고자 했습니다.

악을 말하지 않는 이와자루, 입을 가린 채

사무라이들은 절제된 행동과 자제력의 중요성을 강조하는 엄격한 행동 강령에 얽매여 있었습니다. 특히 갈등이나 긴장이 고조되는 순간에는 행동과 말을 자제해야 했습니다. 이러한 자제력과 해로운 말을 피하는 것은 "악을 말하지 말라"는 원칙을 연상시킵니다. 사무라이들은 말을 신중하게 선택하고 부정직하거나 악의적인 말을 삼가함으로써 화합을 유지하고 정의를 증진하고자 했습니다.

침묵의 서약

불교 승려들이 의지력을 키우기 위해 가장 좋아하는 전략은 침묵의 서원입니다. 많은 불교 승려들이 마음을 고요하게 하고 사려 깊은 말하기를 연습하기 위해 침묵의 서원을 합니다. 이 '고귀한 침묵'은 하루에 몇 시간 또는 그 이상 말하지 않고, 글을 쓰지 않고, 책을 읽지 않고 명상하는 것을 포함합니다. 다양한 종파의 승려들은 저녁 기도와 아침 기도 사이에 말을 삼가는 경우가 많습니다. 침묵의 서약은 몸과 마음을 충전하는 데 도움이 되는 영혼의 디톡스와도 같습니다.

사무라이들은 명상과 성찰을 통해 내면의 고요함을 기르는 것이 중요하다고 믿었습니다. 그들은 마음을 가라앉히고 내면의 생각을 가라앉혀 명료함과 집중력, 높은 인식력을 얻는 것이 중요하다는 것을 인식했습니다. 내면의 침묵을 통해 중심을 잡고 침착함을 유지하며 감정을 통제할 수 있었으며, 이는 이성적인 결정을 내리는 데 매우 중요한 역할을 했습니다.

일본의 침묵의 개념

일본에서는 사무라이 시대부터 조용하거나 침착한 것을 미덕으로 여깁니다. 일본 문화에서 침묵은 존경의 표시이며 전통적으로 진리와 관련이 있습니다. 선불교에 따르면 깨달음은 침묵을 통해서만 도달할 수 있으며, 가르침은 조용한 명상과 관조를 통해서만 이해할 수 있습니다. 아래에 언급된 일본 속담을 살펴보면 침묵의 개념이 일본 문화에 깊숙이 자리 잡고 있음을 알 수 있습니다.
- 키지 모 노카즈바 유타레마이. (침묵은 사람을 안전하게 지켜준다.)
- 모노 이바 쿠치비루 삼시 아키 노 카제. (많은 것을 말하지 않는 것이 좋다.)

침묵 서약의 혜택

침묵의 도움으로 뇌의 구름을 제거할 수 있습니다. 침묵의 서약의 몇 가지 주요 이점을 살펴보세요.

- 내면의 목소리에 귀 기울일 수 있습니다
- 집중력 향상
- 정신적 명료성 향상
- 자신에 대해 더 의식하고 배려하기
- 자기 인식 높이기
- 자신에 대한 연민
- 몸에서 에너지를 절약할 수 있습니다.
- 자기 성찰에 도움
- 평온함, 이완 및 내면의 평화

부처님과 꽃 설교

침묵의 힘에 대해 이야기하는 《선불경》의 유명한 이야기를 살펴볼까요? 부처님은 모든 제자들을 조용한 곳으로 데려가 가르침을 주셨고, 제자들은 가르침을 기다렸습니다. 부처님은 진흙탕에 손을 뻗어 연꽃 한 송이를 건져 올렸습니다. 부처님은 제자들에게 조용히 연꽃을 보여 주셨습니다. 제자들은 그 꽃의 의미와 상징, 그리고 부처님의 가르침에 어떻게 부합하는지 이해하기 위해 최선을 다했습니다. 부처님이 제자 마하까사빠에게 오셨을 때, 제자는 갑자기 깨달았습니다. 그는 미소를 지으며 웃기 시작했습니다. 부처님은 마하까샤파에게 연꽃을 건네주며 말씀하기 시작했습니다. "말할 수 있는 것은 내가 너에게 말했고, 말할 수 없는 것은 내가 마하카샤파에게 주었다." 부처님이 미소 지으며 말씀하셨습니다. 마하카샤파는 그날부터 부처님의 후계자가 되었습니다.

선불교도들은 이 이야기를 통해 침묵의 힘과 '마음에서 마음으로의 전달'을 설명합니다. 그것은 침묵의 힘을 통해서만 달성할 수 있습니다. 모든 불교 유파는 깨달음을 얻기 위한 도구로서 명상의 중요성을 강조하고, 내면의 평화는 고요함을 통해서만 얻을 수 있다고 가르칩니다. 침묵의 힘을 통해 내면의 진리를 발견하고 세상에서 자신의 성격과 역할을 이해함으로써 무한한 지혜와 신성한 깨달음을 얻을 수 있습니다.

선과 자기 정의

참선은 현재의 순간을 알아차림으로써 깊은 자기 인식을 촉진하여 우리의 생각, 감정, 행동에 더 잘 적응할 수 있도록 도와줍니다. 이렇게 높아진 자기 인식은 자기 비판적인 생각, 해로운 습관, 도움이 되지 않는 행동 패턴 등 우리 안에 있는 불의나 불균형을 인식할 수 있게 해줍니다.

선에서는 판단하지 않고 관찰하는 연습이 강조됩니다. 이는 우리의 생각, 감정, 경험을 좋거나 나쁘다고 분류하지 않고 관찰하는 것을 의미합니다. 자기 정의와 관련하여 비판단적 관찰은 자기 비난이나 자기 기만 없이 내면의 풍경을 객관적으로 살펴볼 수 있게 해줍니다. 이를 통해 죄책감이나 자책에 사로잡히지 않고 주의와 변화가 필요한 부분을 인정할 수 있습니다.

선은 진실과 진정성에 부합하는 삶을 장려합니다. 여기에는 우리의 가치, 욕구, 필요에 대해 스스로에게 정직해지는 것이 포함됩니다. 자기 정의는 우리의 진정한 자아에 따라 살고, 우리의 가치를 존중하며, 우리의 가장 깊은 열망에 부합하는 삶을 추구할 것을 요구합니다. 선 수행은 자기기만의 층을 걷어내고 정직과 진실로 살아가는 데 도움이 됩니다.

현 세대를 위한 정의

우리 같은 진정한 사무라이 전사는 일상 생활에서 스스로에게 정의를 베풀어야 합니다. 우리는 좋은 삶을 살기 위해 열심히 일하고 있지만, 그렇다고 해서 자신을 돌보지 않고 너무 많은 일을 함으로써 몸에 불의를 행할 수는 없습니다. 항상 몸의 증상과 마음의 언어에 귀를 기울이세요. 모든 사람은 몸과 마음, 영혼을 스스로 돌보는 엄격한 행동 규범을 가져야 합니다.

일탈에서 벗어나 평온한 자신을 찾을 수 있습니다. 모든 사람의 인생에서 진정한 첫 번째 단계는 자신의 인생 여정을 이해하는 것입니다. 시끄러운 소음 속에서 아름다운 노래가 들리지 않는 것과 마찬가지로, 생각만 너무 많으면 내면의 내면의 목소리를 들을 수 없습니다. 모든 개인은 몸과 마음을 위한 초고속 충전기와 같은 방법으로 가능한 한 휴식을 취함으로써 스스로를 도울 수 있습니다. 우리는 항상 감정으로 가득 차 있을 때 나쁜 결정을 내리는 경향이 있습니다.

침묵의 서약은 성찰을 통해 내면의 생각을 분석하여 옳고 그름을 판단하는 데 정말 도움이 됩니다. 그렇게 함으로써 우리는 일상에서 무엇이 우리를 진정으로 괴롭히는지 구별할 수 있습니다. 모든 개인이 스스로를 돌보고 항상 자신의 건강을 위해 옳은 일을 하는 것만이 우리의 가장 큰 재산입니다.

침묵은 자신과 대화하고 마음가짐의 힘을 깨달을 수 있는 강력한 무기입니다. 우리는 인생의 다음 순간에 어떤 일이 일어날지 결코 알 수 없습니다. 어떤 상황에도 대비하는 사무라이 전사의 태도를 갖는 것이 중요합니다. 전사가 침착하면 적의 다음 행동을 쉽게 이해할 수 있기 때문입니다. 우리 자신의 여정을 위해 싸울 때, 침묵의 서약은 항상 우리의 여정에서 다음 행동을 찾는 데 도움이 됩니다.

우리는 우리 자신의 적이자 친구이며 사무라이처럼 내면의 전투에서 자신을 구하고 스트레스, 불안, 부정 등과 같은 적을 죽입니다. 침묵을 지키기 위해서는 스스로의 준비가 필요하므로 우리의 도덕적 성격을 유지하는 데 도움이 될 것입니다. 한 시간, 반나절 또는 하루 종일 침묵의 서약을 따를 수 있으며 전반적인 웰빙을 개선하는 데 도움이됩니다.

스트레스가 많은 삶 대 풍요로운 삶

COURAGE (유)

"용기는 두려움의 부재가 아니라 두려움보다 중요한 것이 두려움보다 다른 것이 더 중요하다는 판단이다"
- *앰브로즈 레드문.*

가장 큰 두려움은 무엇인가요?

- 실패에 대한 두려움이 있나요?
- 다른 사람의 의견에 대한 두려움이 있나요?
- 두려움 때문에 무언가를 미룬 적이 있나요?
- 새로운 변화에 대한 두려움이 있나요?
- 관계 문제에 대한 두려움이 있나요?
- 대중 앞에서 말하는 것이 두렵나요?
- 항상 경력 성장에 대해 생각하시나요?
- 가족의 미래에 대해 생각하시나요?
- 재정적 성장에 대한 두려움이 있나요?
- 다음 단계로 나아가기 위해 위험을 감수하는 것이 두렵나요?
- 건강에 대해 걱정하시나요?
- 죽음에 대한 두려움이 있나요?

심호흡을 하고 질문에 답하세요. 모든 사람은 다음 단계로 나아가는 것을 방해하는 일종의 두려움을 가지고 있기 때문에, 두려움으로 인해 우리는 신체에 강한 신체적 변화를 경험하게 될 것입니다. 코르티솔과 아드레날린과 같은 스트레스 호르몬이 방출됩니다. 혈압과 심박수가 증가하고 호흡이 빨라지기 시작합니다. 심지어 혈액이 심장에서 팔다리로 흐르기 때문에 펀치를 던지거나 목숨을 걸고 달리기가 더 쉬워집니다. 우리 몸은 전투 또는 도피 상황에 대비하고 있습니다. 사무라이가 어떻게 두려움을 극복하고 용기로 대체했는지 살펴 보겠습니다..

COURAGE(유)

용기는 사무라이가 지켜야 할 필수 덕목 중 하나로 여겨졌습니다. 용기는 무사도 강령에서 중심적인 위치를 차지하며 존경받는 전사들의 사고방식과 행동을 형성했습니다. 전장에서의 용기는 사무라이의 특징 중 하나였습니다.

사무라이는 강력한 전사가 되기 위해 무술 기술을 연마하며 끊임없이 훈련했습니다. 위험 앞에서도 흔들리지 않는 용기를 발휘하여 두려움 없이 전장으로 돌진했습니다.

전투에서 두려움을 모르는 용맹함은 개인의 용맹함뿐만 아니라 군주, 부족, 그리고 그들이 섬기는 백성들의 보호와 안녕을 위한 것이기도 했습니다. 이러한 의무를 다하기 위해서는 도전에 맞서고, 어려운 결정을 내리고, 장애물을 극복할 수 있는 엄청난 용기가 필요했습니다. 그들은 자신의 행동이 큰 무게를 지니고 있으며, 자신의 용기가 자신이 돌보는 사람들의 삶에 직접적인 영향을 미친다는 것을 이해했습니다.

무사도 강령에서 말하는 용기는 신체적 용기를 넘어서는 것이었습니다. 무사도에는 도덕적 용기가 포함되어 있어 무사들은 청렴과 윤리적 기준을 지켜야 했습니다. 무사들은 명예, 충성심, 정의에 대한 엄격한 규범을 준수해야 했습니다. 이는 역경에 직면하거나 어려운 선택에 직면했을 때에도 옳은 것을 옹호하는 것을 의미했습니다. 도덕적 용기는 개인적인 결과에 관계없이 진실과 정의에 대한 확고한 헌신을 요구합니다. 이러한 원칙에 대한 사무라이의 헌신이 있었기에 그들은 용기의 전형을 구현할 수 있었습니다.

사무라이 방식의 용기

사무라이 전사들은 정의의 길에서 용기를 미덕으로 삼습니다. 사무라이는 용기와 용기라는 두 가지 주요 개념을 믿으며, 이는 옳다고 믿고 겁 없이 싸우기 때문입니다. 사무라이는 명예, 두려움, 침착하고 단호한 행동, 전략적 사고, 무술 실력과 연관되어 있습니다. 사무라이는 끝까지 싸우며 그 무엇도 두려워하지 않습니다.

용기는 두려워하지 않는 것을 의미하지 않습니다. 용기는 두려움에도 불구하고 행동을 취하는 것을 의미합니다. 사무라이들은 혼란스럽고 위험한 상황에서도 침착함과 평정심을 유지해야 했습니다. 이러한 내면의 힘과 감정을 통제하는 것은 용기의 징표로 여겨졌습니다. 압박감 속에서도 명확하게 행동하고 올바른 판단을 내릴 수 있는 능력은 사무라이의 용기와 자제력을 보여주었습니다.

사무라이 전사들은 엄격한 훈련을 통해 인내심을 가지고 역경에 맞서 싸웠습니다. 도전과 좌절을 극복하려는 이러한 결단력은 용기의 상징으로 여겨졌습니다.

명상은 사무라이들이 숙련된 전사와 고결한 인격체로서 초능력을 갖추는 데 도움이 되었습니다. 명상은 마음을 자유롭게 하여 상대를 쉽게 정복할 수 있도록 도와주었습니다. 사무라이 전사들은 두려움 없이 싸울 수 있도록 매일 죽음에 대해 명상했습니다.

명상을 통해 사무라이의 힘 얻기

명상은 마음을 덜 감정적이고 더 적응력 있게 훈련하는 가장 직접적인 방법 중 하나입니다. 명상은 자아를 극복하고 성격의 내재적 약점을 극복하는 연습을 통해 마음이 어떻게 작동하는지, 어떻게 하면 더 깨달아지고 효과적인 사람이 될 수 있는지 이해하는 데 도움이 됩니다. 사무라이 전사들은 자신의 능력을 증폭시키는 데 도움이 되는 감정 훈련으로 명상을 사용합니다. 사무라이는 정서적 안정감을 키움으로써 스트레스가 많거나 위험한 상황에서도 평정심을 유지하고 단호하게 행동할 수 있는 용기를 기릅니다. 이는 근본적으로 인식과 마음챙김을 향상시키는 것입니다. 사무라이 전사들은 선 명상, 미쿄 명상 등을 따랐습니다.

선 명상

'좌선' 명상이라고도 불리는 사무라이 선 명상은 잡념과 두려움, 에고에서 벗어나 마음을 비우고 내면의 평화를 찾을 수 있는 방법을 제시합니다. '물처럼 고요한 마음'이라는 뜻의 '미즈노코코로'라는 용어는 일본 선에서 영원한 도를 반영하는 평온한 정신 상태를 묘사할 때 자주 사용됩니다. 선으로 훈련된 전사에게 죽음에 대한 생각은 거의 무의미합니다. 승리와 패배는 동전의 양면과도 같습니다. 동료와 적은 동등한 존재로 간주됩니다. 선의 태도를 유지하는 것이 가장 중요한 결과입니다.

이는 호흡에 집중하고 현재 순간에 집중하는 것을 포함합니다. 일반적으로 앉아서 잡념을 없애고 생각, 아이디어, 이미지, 단어가 잡히지 않고 지나가도록 허용하는 것으로 수행됩니다. 이는 사무라이 전사가 생각과 감정에 사로잡히지 않고 관찰하도록 장려합니다. 애착과 혐오로부터의 이러한 분리는 개인의 성장을 방해할 수 있는 두려움과 집착을 버릴 수 있는 용기를 길러줍니다.

미쿄 명상

미쿄 명상은 몸 안의 막힌 곳을 뚫고 에너지의 흐름을 촉진하기 위해 만트라와 명상을 사용하는 것입니다. 여기에는 특별한 손

자세(무드라)가 포함됩니다. 명상 중에 특정 힘이나 집중력을 개발하는 데 도움이 되는 손 자세를 취합니다. 무드라는 마음을 비우고 그 순간에 집중하는 데 도움이 되는 도구로 앉아서 말하거나, 주문을 외우거나, 음절, 단어 또는 구절을 반복해서 반복하는 방식으로 할 수 있습니다.

사무라이 전사들은 결의를 다지고 죽음에 두려움 없이 맞서며 전사 정신을 함양하기 위해 종종 영적, 철학적 지침을 찾았습니다. 난해한 의식과 수행을 강조하는 미교는 불교의 가르침과 전사의 정신을 독특하게 결합하여 일부 사무라이의 마음을 사로잡았습니다. 이 수련을 통해 사무라이는 죽음에 맞설 용기를 기르고, 삶의 덧없음을 받아들이고, 두려움 없이 자신의 의무와 운명을 받아들일 수 있었습니다.

명상의 이점

각 명상 수련법은 마음을 비우고 최고의 잠재력을 발휘하는 데 집중하는 데 도움이 되는 수많은 입증된 효과가 있습니다. 명상에는 옳고 그른 방법이 없으며, 한 가지 명상법이 다른 명상법보다 더 나은 것도 없습니다. 자신에게 가장 잘 맞는 명상법을 찾아서 집중하면 됩니다. 명상의 몇 가지 이점을 살펴봅시다.

- 정서적 균형, 인내심, 집중력을 향상시킵니다.
- 마음챙김 향상
- 자기 친절과 자기 수용 촉진

- 　긍정적 사고에 참여
- 　현재에 충실하게 살도록 도움
- 　기억력과 창의력 증진
- 　관계에 평화와 조화를 가져옴
- 　내면의 힘과 회복력 키우기

사무라이와 티 마스터의 이야기

옛날 옛적에 18 세기 일본의 한 귀족이 살았는데 그의 이름은 야마노우치 경이었습니다. 그는 티 마스터와 함께 에도(훗날 도쿄로 개명)를 방문할 계획을 세웠습니다. 다도는 다도에 관한 모든 것을 알고 있었지만 그는 사무라이처럼 옷을 입었습니다.

어느 날, 한 사무라이가 다도인에게 다가와 결투를 제안했습니다. 사무라이는 "네가 품위 있게 죽으면 조상에게 명예를 가져다줄 것이다. 그리고 개처럼 죽는다면 적어도 사무라이의 계급에 대한 모욕은 면할 수 있겠지!"

찻집 주인은 검객은 아니지만 도전을 거절하면 그의 가족과 야마노우치 영주에게 불명예를 안길 수 있었습니다. 그는 죽음을 각오하고 도전을 수락했고, 다음 날 무사에게 결투를 진행해 달라고 요청했습니다. 그의 소원은 이루어졌습니다.

그는 일어나서 혼자서 야마노우치 영주의 궁정으로 돌아갔습니다. 그곳에서 그는 자신과 계급이 동등한 검술의 대가를 만났는데, 그는 검술에 있어서는 누구에게도 뒤지지 않을 만큼 능숙했습니다.

그는 검술의 달인에게 자신의 이야기를 들려주며 사무라이처럼 죽는 법을 가르쳐 달라고 부탁했습니다. 그러나 검술의 대가는 현명한 사람이었고, 다도의 대가를 존경하는 마음이 컸기 때문에 "네가 요구하는 모든 것을 가르쳐 주겠지만, 그 전에 마지막으로 나를 위해 차의 도를 행해 주기를 바란다"고 말했다.

다도는 이 부탁을 거절할 수 없었습니다. 그가 의식을 행할 때 그의 얼굴에서 두려움의 흔적은 모두 사라진 것 같았습니다. 그는 소박하지만 아름다운 찻잔과 화분, 그리고 은은한 찻잎의 향기에 고요히 집중하고 있었습니다. 그의 마음에는 불안이 들어설 틈이 없었습니다. 그의 생각은 온통 의식에 집중되어 있었습니다.

다도는 의식을 진행했고, 의식이 끝나자 펜싱 사범은 흥분한 목소리로 "죽음의 기술을 배울 필요가 없다!"라고 외쳤습니다. 지금 네 마음 상태만으로도 어떤 사무라이와도 충분히 맞설 수 있다. 도전자를 만나면 손님에게 차를 대접한다고 상상해 보세요. 그에게 정중하게 경의를 표하고 더 빨리 만나지 못한 것에 대해 유감을 표하고 방금 한 것처럼 코트를 벗고 접으십시오. 비단 스카프로 머리를 감싸고 차 의식을 위해 옷을 입을 때와 같은 평온함으로 머리를 감싸십시오. 검을 뽑아 머리 위로 높이 들어 올리세요. 그런 다음 눈을 감고 전투에 임할 준비를 하세요."

찻집 주인은 스승의 말대로 하기로 동의했습니다. 다음 날, 그는 사무라이를 만나러 갔고, 외투를 벗는 상대의 얼굴에서 완전히 침착하고 위엄 있는 표정을 발견하고는 전투를 준비하는 다도의 정신력에 놀라움을 금치 못했습니다. 사무라이는 더듬거리는 다도인이 실제로는 숙련된 검객일 것이라고 생각했습니다. 그는 자신이 어떤 속임수나 속임수에 넘어간 것이 틀림없다고 생각했고, 이제 자신의 목숨이 두려웠다.

전사는 자신의 행동에 대해 용서를 구하고 자신의 무례한 행동을 변명하고 전투 장소를 떠났습니다. 우리의 마음이 끝없는 불안으로 가득 차 있다면 상황이 많은 문제로 우리를 두렵게 할 때마다 상상이 우리의 마음을 장악하는 경향이 있습니다. 집중된 마음은 불안, 두려움, 과도한 상상을 위한 여지가 없으며 문제에 직면하는 용기로 대체될 것입니다.

선과 자기 용기

선은 지금 여기에 온전히 존재하는 연습을 강조합니다. 마음챙김을 수련함으로써 우리는 미래에 대한 걱정이나 과거에 대한 후회에 사로잡히지 않고 두려움에 직접 직면할 수 있는 능력을 키울 수 있습니다. 이러한 두려움 없는 존재감을 통해 우리는 더 명확하고 용기 있고 회복력 있게 도전에 맞설 수 있습니다.

선은 수행자가 마음챙김과 호기심을 가지고 두려움과 기타 도전적인 감정을 탐구하도록 초대합니다. 선은 두려움을 피하거나 억누르기보다는 두려움의 신체적 감각과 근본적인 생각을 관찰하면서 두려움을 향해 나아가도록 권장합니다. 이러한 마음챙김 탐구를 통해 우리는 두려움에 대한 이해를 높이고 두려움이 처음에 보이는 것처럼 견고하거나 압도적이지 않다는 것을 발견할 수 있습니다. 이러한 통찰력은 두려움을 직접 마주할 수 있는 용기를 길러줍니다.

명상과 마음챙김을 포함한 규칙적인 선 수행은 내면의 힘과 회복력을 키워줍니다. 신체 운동이 신체를 강화하는 것처럼, 선 수행은 정신을 강화하고 집중력, 평정심, 인내심과 같은 자질을 길러줍니다. 이러한 내면의 힘은 자기 용기의 토대가 되어 더 안정적이고 명확하며 결단력 있게 도전에 맞설 수 있게 해줍니다.

현 세대를 위한 용기

역경에 직면한 무사의 흔들리지 않는 용기는 현 세대가 회복력과 결단력을 가지고 자신의 도전에 맞서도록 영감을 줄 수 있습니다. 개인적인 장애물이든, 직업적 좌절이든, 사회적 불의든, 사무라이의 용기를 본받으면 개인이 역경에 정면으로 맞서고 긍정적인 변화를 위해 노력할 수 있습니다.

두려움은 종종 개인의 성장을 방해하고 자신의 열망을 추구하지 못하게 할 수 있습니다. 사무라이의 두려움 없는 전투와 죽음에 대한 수용은 두려움을 삶의 자연스러운 일부로 받아들이고 한계를 뛰어넘을 수 있도록 일깨워줍니다. 두려움에 맞서고 계산된 위험을 감수할 수 있는 용기를 갖는 것은 개인의 성장과 성공으로 이어질 수 있습니다.

자제력과 평정심에 중점을 둔 사무라이의 정신은 현 세대가 마음챙김과 내면의 힘을 기르도록 영감을 줄 수 있습니다. 빠르게 변화하는 오늘날의 세상에서 용기는 감성 지능을 키우고, 스트레스를 관리하며, 침착하고 중심을 잡는 마음가짐을 유지하는 데 있습니다. 마음챙김을 실천하면 의사 결정 능력을 향상시키고 전반적인 웰빙을 증진할 수 있습니다.

두려움은 중요하며 우리를 위험으로부터 보호합니다. 변화나 새로운 경험에 직면하면 몸과 뇌가 싸우는 것처럼 느껴질 수 있고, 우리는 행동하고 싶다는 것을 알지만 두려움은 다른 생각을 가지고 있습니다.

때로는 예상치 못한 상황에서 혼자서 문제에 직면해야 할 때도 있습니다. 두려움은 우리를 도망치고 싶게 만들기도 하지만, 특정한 방식으로 우리를 움직이게 만들기도 합니다. 두려움 속에서 일할 때는 명확하게 생각하기가 어렵습니다. 우리의 경우, 우리는 우리 자신의 상대이며 일상 생활에서 수많은 두려움에 직면해 있습니다.

사무라이처럼 명상하며 우리 안에 있는 내면의 악마를 물리쳐 봅시다. 또한 내면의 균형과 조화의 감각을 길러 차분하고 맑은 마음을 키우고 목표 달성을 향한 발걸음을 내딛을 것입니다. 역경에 맞서 용기를 내고, 가치를 옹호하고, 두려움을 극복하고, 절제를 기르고, 성실하게 이끌고, 마음챙김을 수용함으로써 개인은 사무라이의 유산을 바탕으로 현대 사회의 복잡성을 헤쳐나가는 데 필요한 용기를 찾고 자신과 타인에게 긍정적인 영향을 미칠 수 있습니다.

컴패션(진)

"자기 연민은 단순히 우리가 다른 사람에게 베푸는 것과 동일한 친절을

우리 자신에게 베푸는 것입니다."

-크리스토퍼 저머.

스스로를 따뜻하게 맞이하시나요?

- 매일 자신을 어떻게 대하나요?
- 자신에게 조심스럽고 부드럽게 말하나요?
- 나의 가장 큰 장점은 무엇인가요?
- 오늘 내 기분이 어떤가?
- 지금 나에게 필요한 것은 무엇인가?
- 기분이 좋지 않을 때 어떻게 스스로를 지지할 것인가?
- 내가 더 자주 듣는 노래는 무엇인가?
- 내가 실제로 좋아하는 활동은 무엇인가?
- 나 자신과 어떻게 시간을 보낼 것인가?
- 내가 가장 좋아하는 음식은 무엇인가요?
- 내 삶에서 더 많은 기쁨이나 평온함을 느끼기 위해 내가 채택할 수 있는 새로운 습관은 무엇인가요?
- 오늘부터 시작할 수 있는 작은 방법 한 가지는 무엇인가요?
- 최근의 실수로부터 내가 배울 수 있는 교훈은

무엇인가요?

- 혼자서 혼자 도로 여행을 하면서 자연과 교감한 적이 있나요?

우리는 항상 다른 사람들에게 친절을 베풀지만 스트레스와 고통, 어려움에 처했을 때는 위로와 보살핌을 주지 못합니다. 현대 사회는 우리가 완벽하기를 기대하며 항상 성공적인 결과를 보여주기를 원합니다. 우리는 때때로 실패에 직면하고 그 결과로 인해 자기 의심, 이상함, 우스꽝스러움, 무의미함, 혐오감, 분노를 느끼며 스스로를 힘들게 합니다. 이는 앞으로의 목표를 달성할 수 없게 만듭니다. 많은 사람들이 사회, 가족, 친구들 앞에서 완벽해야 하고 성공을 거둘 때만 사랑, 인정, 존경을 받을 자격이 있다고 생각하기 때문에 자신의 실패를 용서하려고 하지 않습니다. 이제 사무라이들이 일상에서 연민을 어떻게 사용했는지 살펴봅시다.

컴패션(진)

무사도 강령에서 말하는 자비심은 공감, 자비, 생명존중에 뿌리를 둔 일본 전통 문화에서 사무라이의 행동을 이끄는 필수 덕목이자 원칙입니다.

자비는 그들의 자비로운 행동의 초석이 되었습니다. 그들은 전우와 상관뿐만 아니라 약자, 불우한 사람, 소외된 사회 구성원들에게도 친절과 선의, 이타심을 보여주기 위해 최선을 다했습니다.

무사도의 연민은 자비와 감정의 자각이라는 덕목도

포함했습니다. 사무라이는 전사로서의 역할에도 불구하고 전장에서 자비를 베풀도록 권장되었습니다. 이러한 자비는 나약함의 표시가 아니라 사무라이의 도덕적 힘과 폭력과 복수를 넘어설 수 있는 능력을 증명하는 것이었습니다.

사무라이 방식의 연민

사무라이는 무술과 전투 기술로 유명하지만, 연민과 공감의 원칙에도 깊이 뿌리를 두고 있습니다. 그들은 육체적, 정신적 고통을 견디고 목표에 집중할 수 있는 치열한 전사로 훈련받았습니다.

사무라이들은 전투 중에도 마주치는 사람들에게 연민과 공감을 표하도록 훈련받았습니다. 그들은 상대방에게 자비와 존경을 표하고 적을 품위와 명예로 대할 것을 기대했습니다. 실제로 일부 사무라이는 폭력보다는 협상을 통해 갈등을 해결하는 능력으로 유명했습니다.

또한 사무라이들은 약하고 취약한 사람들에 대한 연민을 보여줄 것으로 기대되었습니다. 그들은 무고한 사람들을 보호하고 스스로를 방어할 수 없는 사람들을 변호할 것으로 기대되었습니다. 많은 사무라이들이 자선 활동에 깊이 관여했으며 지역 사회 사람들의 삶을 개선하기 위해 노력했습니다.

사무라이들은 또한 녹차 가루인 말차를 준비하고 대접하는 차 문화와 다도 예술에 특별한 관심을 가졌습니다. 다도는 마음 챙김과 내면의 평온함을 기르는 방법으로 여겨졌으며,

사무라이들은 종종 집중력과 집중력을 향상시키기 위한 방법으로 다도를 수행했습니다.

티 세레모니

차노유 또는 사도로도 알려진 다도는 공식적인 자리에서 손님에게 차를 준비하고 대접하는 일본의 전통 관습입니다. 다도는 수세기 동안 일본 문화의 중요한 부분이었으며 조화, 존중, 순수함, 고요함의 원칙을 반영하는 예술의 한 형태로 간주됩니다.

다도는 일반적으로 차실 또는 차시츠라고 불리는 작고 소박한 공간에서 진행되며, 차분하고 평온한 분위기를 조성하도록 설계되어 있습니다. 다도는 일반적으로 티 마스터 또는 차진으로 알려진 숙련된 수행자가 특정 방식으로 차를 준비하고 의식적인 방식으로 손님에게 제공합니다.

다도에서 차를 만들고 제공하는 과정에는 차 도구 준비, 물 데우기, 가루차 휘젓기, 손님에게 차 그릇 내어주기 등 여러 단계가 포함됩니다. 각 단계는 아름다움과 우아함, 조화를 느낄 수 있도록 세심하게 안무되어 있습니다.

Dr Sridevi K.J. Sharmirajan(H.G)

차 명상

일본의 다도인 차노유는 선종 승려 센노 리큐의 영향을 많이 받았기 때문에 선 명상과 떼려야 뗄 수 없는 관계입니다. 센노 리큐는 '한 번, 한 번의 만남'이라는 뜻의 '이치고 이치에'라는 개념을 강조했습니다. 이는 현재의 순간이 덧없고 다시는 일어나지 않을 것이라는 의미입니다. 이를 염두에 두면 우리는 대부분의 경험의 아름다움과 무상함에 감사할 수 있습니다.

다도는 참가자들이 현재 순간에 주의를 집중하고 의식의 아름다움을 감상하도록 장려하기 때문에 종종 명상의 한 형태로 여겨지기도 합니다. 또한 다도는 다른 사람들과 대화에 참여하고 생각과 감정을 공유하도록 장려하기 때문에 다른 사람들과 소통할 수 있는 방법이기도 합니다. 자신의 움직임과 생각, 그리고 자신이 느끼는 방식을 알아차리세요. 그것을 인정하고 놓아주세요. 매 순간은 찰나입니다. 내일 같은 차를 다시 끓일 때 같은 절차를 따른다고 해도 결코 같지 않을 것입니다. 차를 마시는 지금 이 순간이 유일한 순간인 것처럼 감사하세요.

마음을 비우는 것이 중요하므로 차를 마시는 동안에는 신경

쓰이는 일이나 낮에 처리해야 할 일이 생각나지 않도록 해야 합니다. 오로지 자신과 차를 위해 시간을 할애하는 것이며, 이 순간에는 다른 어떤 것도 중요하지 않습니다. 오늘날 다도는 일본에서 여전히 널리 행해지고 있으며 일본 문화와 전통을 감상하는 방법으로 세계 각지에서 인기를 얻고 있습니다.

차 명상에서 따르는 절차

다실이나 차시츠의 주된 목적은 차를 즐기고 주인과 손님 사이의 유대감을 형성하는 것입니다. 손님은 다실에 들어서는 동안 외부의 모든 생각을 잊어버립니다. 일본의 다도에서는 주로 녹차라고 불리는 센차라는 잎차를 사용합니다.

호스트가 차를 준비할 때는 완전한 마음가짐으로 준비해야 합니다. 차를 즐기면서 마음을 비우는 것은 매우 중요합니다. 오직 자신과 차를 위해 시간을 할애하는 것이며, 이 순간에는 다른 것은 중요하지 않습니다.

차를 즐길 수 있는 공간을 찾으세요. 어떤 공간이든 상관없지만 오로지 차 체험에만 집중할 수 있는 공간이어야 합니다. 많은 사람들이 매번 같은 장소에서 차 명상을 하기를 좋아하는데, 시간이 지날수록 명상의 에너지가 더욱 풍부해지기 때문입니다. 시간을 내어 차를 감상하고 차에 집중하세요. 지금 이 자리에 있을 수 있게 해준 자신의 노력에 감사하며 차 한 잔을 즐기고 감사하는 마음을 가져보세요.

차 명상의 이점

차 명상은 수 세기 동안 수행되어 왔으며 우리의 웰빙에 많은 이점이 있습니다. 사무라이들은 전장에서 돌아올 때마다 마음의 평화를 찾기 위해 다도를 수련했습니다. 또한 많은 무사들은 자신의 힘을 과시하기 위해 화려하고 값비싼 차를 수집하는 데 집착했습니다. 이러한 장점 중 일부는 다음과 같습니다:

- 스트레스 감소
- 적절한 수분 공급에 도움
- 집중력 및 집중력 향상
- 긍정적인 태도 유지
- 감사를 실천함으로써 행복을 가져옴
- 현재의 순간을 즐기며 살 수 있습니다
- 친구와 가족에 대한 더 깊은 유대감을 가져다줍니다.
- 자기 연민을 촉진합니다

사무라이이자 자비로운 수도사

옛날 옛적에 하치만이라는 사무라이가 전투에서 부상을 입었습니다. 상처가 너무 심해 더 이상 전투를 계속할 수 없었습니다. 부끄러움과 무력감을 느낀 하치만은 위축되고 우울해졌습니다.

어느 날 한 현명한 승려가 하치만을 찾아왔습니다. 스님은 사무라이가 고통스러워하는 것을 보고 자기 연민을 실천할 것을 제안했습니다. 스님은 자기 연민이란 친절과 이해, 용서로 자신을 대하는 것이라고 설명했습니다.

처음에 하치만은 의심스러웠습니다. 그는 항상 강인해야 하고 고통을 이겨내야 한다고 배워왔기 때문입니다. 하지만 스님은 그에게 자기 연민은 나약함의 표시가 아니라 오히려 강함의 표시라고 격려했습니다.

시간이 지나면서 하치만은 자기 연민을 실천하기 시작했습니다. 그는 스스로 휴식과 치유를 허락하고 친절과 이해로 자신을 대했습니다. 그는 자신의 부상을 용서하고 회복하는 데 시간이 필요하다는 것을 받아들였습니다.

하치만은 자기 연민을 실천하면서 육체적으로나 정신적으로나 기분이 나아지기 시작했습니다. 상처가 치유되고 기분이 좋아졌습니다. 그는 자신이 스스로에게 너무 가혹하게 굴었다는 것을 깨달았고, 다른 사람들에게 보여준 것과 같은 친절과 연민으로 자신을 대해야 한다는 것을 깨달았습니다.

그날부터 하치만은 자기 연민의 옹호자가 되었습니다. 그는 동료 사무라이들에게 자기 관리를 실천하고 친절과 이해심으로 자신을 대하라고 격려했습니다. 그는 진정한 힘이란 육체적 능력뿐만 아니라 스스로를 연민하고 자신과 타인을 돌볼 수 있는 능력이라는 것을 깨달았습니다.

선과 자기 연민

자기 연민을 실천함으로써 개인은 어려움과 실패에도 불구하고 성장하는 마음가짐을 유지할 수 있습니다. 우리 자신의 실패는 힘들고 어려운 시기에 힘과 의미의 원천이 될 수 있으며, 인내심을 가지고 다시 일어설 수 있는 이유를 제공합니다.

스스로를 질책하는 대신 자기 연민을 실천해야 합니다. 실수를 더 너그럽게 용서하고 실망하거나 당황할 때 자신을 돌보려는 의도적인 노력을 기울여야 합니다.

자기 연민은 또한 판단과 자기 비판을 내려놓고 대신 친한 친구에게 베푸는 것과 같은 종류의 연민과 이해를 스스로에게 제공하는 것입니다. 이 연습은 개인이 자신과 자신의 불완전함을 더 잘 받아들이는 데 도움이 되며, 이는 정서적 회복력과 웰빙으로 이어질 수 있습니다.

이 연습은 인생의 어려움에 직면했을 때 침착하고 균형 잡힌 태도를 유지할 수 있는 능력을 기르는 것을 목표로 합니다. 자기 연민을 키움으로써 개인은 친절하고 온화하게 자신의 고통에 접근할 수 있으며, 이는 내면의 깊은 안정감과 회복탄력성을 키우는 데 도움이 됩니다.

현 세대를 위한 연민

현 세대에 대한 연민은 우리의 일상 생활에 필수적입니다. 우리는 무사도 강령의 원칙에 따라 더 큰 행복감, 개인적 성장, 회복탄력성을 키울 수 있습니다.

사무라이들은 자기 연민을 개인적 성장과 발전의 중요한 측면으로 여겼습니다. 그들은 친절과 이해심으로 자신을 대하고 실수와 결점을 용서하는 것이 중요하다는 것을 인식했습니다. 오늘날 우리는 자기 관리를 실천하고, 스트레스나 어려움에 처했을 때 스스로에게 친절하며, 자기 연민과 자기애를 키움으로써 이 원칙을 적용할 수 있습니다.

스스로에게 하는 혼잣말에 주의를 기울이고, 연민과 지지가 담긴 말인지 확인하세요. 지나치게 자기 비판적이기보다는 자신의 강점과 성취를 인정하면서 친절하게 자신을 대하세요. 자신의 긍정적인 자질, 강점, 재능을 되돌아봅니다. 자신을 독특하고 가치 있게 만드는 요소를 포용하고 축하하세요. 자신의 가장 큰 장점은 상황과 관점에 따라 달라질 수 있음을 기억하세요.

최근의 실수를 성장과 배움의 기회로 삼아 반성합니다. 이러한 경험에서 배울 수 있는 교훈을 파악하고 이러한 교훈을 향후 상황에 어떻게 적용할 수 있을지 생각해 보세요. 자연과의 교감은 자신과 타인에 대한 연민을 키우는 강력한 방법이 될 수 있습니다. 자연 환경에서 시간을 보내면 활력을 되찾고, 위안을 얻고, 주변 세계의 아름다움과 교감하는 데 도움이 됩니다.

사무라이 문화에서 연민과 공감의 중요성은 그들의 예술과 문학의 여러 측면에서 분명하게 드러납니다. 예를 들어, 많은 사무라이의 시와 이야기는 사랑, 연민, 친절이라는 주제에 초점을 맞추고 있습니다. 사무라이는 영화뿐만 아니라 만화를 비롯한 다양한 형태의 대중 매체에서도 영웅으로 자주 묘사되어 왔습니다. 대표적인 예로 애니메이션 시리즈 '사무라이 잭'이 있습니다. 이러한 가치는 사무라이의 삶의 방식에 필수적인 요소였으며 오늘날에도 일본 문화에서 계속 기념되고 있습니다.

간단한 다도는 사무라이 전사들이 자기 연민과 자기 관리의 중요성을 인식하는 데 도움이 되었습니다. 다도를 수련함으로써 개인은 내면의 삶에 더 잘 적응하고 일상 생활의 어려움을 더

RESPECT(레이)

"잘 먹는 것은 자존감의 한 형태"
- *콜린 퀴글리*

자신의 건강을 인정하시나요?

- 음식을 제때 먹나요?
- 나는 정크푸드를 먹는가, 아니면 건강한 음식을 먹는가?
- TV를 보면서 음식을 먹거나 모바일로 음식을 먹나요?
- 나는 내 자신을 육체적, 정신적으로 잘 대할 수 있는 자존감을 가지고 있는가?
- 나는 잘 먹고 잘 자면서 내 몸에 친절을 베푸는가?
- 나는 하루 동안 충분한 휴식을 취했는가?
- 특정 음식에 알레르기가 있나요?
- 어떤 종류의 식단을 따르고 있나요?
- 음식에 대한 욕구가 있나요?
- 음식과 함께 과일과 채소를 먹나요?

우리는 자신의 건강에 관해 많은 질문을 할 수 있습니다. 스스로에게 가장 큰 선물 중 하나는 바로 존중입니다. 자기 존중은 자신에 대해 알게 되고 사랑, 존중, 배려로 자신을 대하기 때문에 매우 중요합니다. 자신의 욕구를 관리하는 것은 웰빙에 필수적이며 다른 사람을 더 잘 돌볼 수 있도록 준비할 수도 있습니다. 우리 몸은 하나뿐이며 좋은 시절과 나쁜 시절을 함께할 것입니다. 몸을 존중하면 자신을 존중할 수 있습니다.

자신과 자신의 몸을 존중하면 먹는 음식도 자신을 존중하는 과정의 일부라고 생각하게 됩니다. 음식은 연료뿐만 아니라 인간의 미각과 후각을 활용하고 행복감을 높여주는 즐거움의 원천이기도 합니다. 오감 중 두 가지 감각인 미각과 후각이 결합하여 우리가 음식을 먹을 때 맛보는 풍미와 향신료를 구성합니다.

잘 먹는 것은 육체적, 정신적으로 얼마나 건강한지를 결정하는 데 중요한 역할을 합니다. 음식을 어떻게 먹느냐에 따라 매일 느끼는 기분에 큰 영향을 미치고 정서적 웰빙, 사회적 지지 체계, 스트레스 수준, 자존감에 영향을 미칠 수 있습니다.

하지만 사무라이와 같은 위대한 전사들은 임무를 수행하기 위해 힘과 지구력을 유지해야 했기 때문에 전반적인 건강과 체력에 중요한 부분을 차지하는 식단을 따랐습니다. 사무라이 전사들이 자신과 타인을 존중하는 방법과 그것이 일상 생활에서 어떻게 도움이 되었는지 알아보세요.

RESPECT(레이)

존중은 인간관계의 근본적인 측면으로, 조화로운 관계와 사회 통합의 초석을 형성합니다. 무술과 사무라이 문화의 영역에서 고대 일본의 윤리 체계인 무사도 강령은 존중의 가치를 매우 강조합니다. 명예, 충성심, 규율에 뿌리를 둔 무사도는 존중을 배양해야 할 미덕이자 지켜야 할 의무로 깊이 이해하도록 합니다.

존중은 타인의 가치, 존엄성, 내재적 가치에 대한 이해에 뿌리를 둔 타인에 대한 깊은 존경과 존중의 태도입니다. 무사도 강령의 존중은 상사나 연장자에 대한 존경뿐만 아니라 사회적 지위나 배경에 관계없이 모든 개인에 대한 존중으로 확장됩니다.

사무라이 방식의 존중

사무라이에게 존중은 단순한 공손함이나 예의의 문제가 아니라 그들의 정체성과 삶의 방식에 대한 근본적인 측면이었습니다. 그들은 다른 사람을 존중함으로써 무사도의 가치를 지키고 자신의 힘과 규율을 보여줄 수 있다고 믿었습니다.

존중은 충성심과 순종과도 밀접한 관련이 있었습니다. 사무라이는 영주에게 충성하고 그의 명령을 의심 없이 따라야 했습니다. 이를 위해서는 영주와 사무라이 사이에 상당한 신뢰와 존중이 필요했을 뿐만 아니라 사무라이 개인의 깊은 청렴성이 요구되었습니다.

사무라이는 상관을 존중하는 것 외에도 동료 전사, 심지어 적에게도 존경심을 보여야 했습니다. 이는 전투 중에도 예의와 명예를 가지고 상대방을 대하는 것을 의미했습니다. 존중은 사무라이 문화의 초석이었으며, 전사이자 사회 구성원으로서의 정체성을 형성하는 데 중요한 역할을 했습니다.

사무라이 전사들은 신체적, 정신적 규율이 임무 수행 능력에 직접적인 영향을 미치기 때문에 그 중요성을 잘 알고 있었습니다. 마음 챙김 식습관을 실천함으로써 개인은 음식의 영양학적 특성을 더 깊이 이해하고, 건강과 체력 유지에 있어 음식의 역할에 대한 존중을 키울 수 있습니다.

사무라이의 건강한 라이프스타일

사무라이 전사의 강인함은 격렬한 육체적, 정신적 운동 덕분입니다. 그들의 고귀한 생활 방식은 치열한 전투로 인한 흉터를 제외하고는 건강하고 건강한 상태를 유지했습니다. 사무라이는 하루 두 끼 식사와 8시간의 수면을 취했습니다. 특히 자연식은 사무라이의 삶에서 매우 중요한 요소였습니다. 전장에서 잘 싸울 수 있는 몸을 유지하기 위해서는 건강한 식습관이 필수적이었죠.

사무라이의 식단은 현미, 채소, 된장국, 해산물과 차가 주를 이루는 소박하지만 영양가 있는 식단이었다. 이러한 식단은 엘리트 전사로서의 역할에 필수적인 힘과 지구력을 유지하는 데 도움이 되었습니다. 가능한 한 평범한 식단을 유지하는 것이 건강 유지의 핵심 요소 중 하나입니다.

사무라이는 항상 영양을 위해 먹었고 결코 맛을 위해 먹지 않았습니다. 사무라이들은 그들의 사회적 지위와 문화적 신념을 반영하는 독특한 식습관을 가졌습니다. 무사 계급의 일원으로서 사무라이는 음식과 식사 예절에 관한 규칙을 따라야 했습니다.

사무라이들은 쌀, 채소, 해산물을 중심으로 한 채식 위주의 식단을 섭취해야 했습니다.

사무라이는 또한 음식의 진열과 준비도 매우 중요하게 여겼습니다. 식사는 미적 표현과 고급 식기의 사용에 중점을 두고 의식적인 방식으로 제공되었습니다. 또한 사무라이들은 신선하고 질 좋은 식재료의 사용을 중요하게 생각했으며 종종 정원에서 직접 채소와 과일을 재배했습니다.

이러한 개인적인 덕목 외에도 사무라이들은 자연과 영적 영역에 대한 존중의 중요성을 믿었습니다. 그들은 자신을 더 큰 우주 질서의 일부로 보았고, 이 질서의 모든 측면을 존중함으로써 삶에서 조화와 균형을 이룰 수 있다고 믿었습니다.

사무라이의 식습관은 그들의 사회적 지위와 문화적 신념을 반영하여 자제력, 미적 표현, 신선하고 질 좋은 재료에 대한 집중을 강조했습니다. 사무라이들은 식습관과 관습을 통해 내면의 조화와 마음 챙김을 기르고자 했으며, 이는 전사와 지도자로서의 역할에 필수적인 것으로 여겨졌습니다.

선에서 음식 명상하기

음식을 먹는 것은 마음챙김과 그 순간의 존재에 초점을 맞춘 일종의 선 명상으로도 실천할 수 있습니다. 이 수행법은 "마음챙김 식사"로 알려져 있으며, 음식의 맛, 질감, 향기 등 감각적 경험에 주의를 기울이는 것을 포함합니다.

식습관은 사람의 신체적, 정신적, 영적 웰빙에 영향을 미칠 수 있기 때문에 선 수행에서 중요한 부분입니다. 선에서는 마음 챙김과 감사하는 마음으로 먹는 것에 중점을 둡니다. 즉, 먹는 음식에 감사하는 시간을 갖고 식사하는 동안 그 순간에 온전히 집중하는 것입니다. 선 수행자들은 종종 조용히 식사를 하는데, 이는 정신 집중과 내면의 평온함을 촉진하는 데 도움이 되기 때문입니다.

선 식단은 단순하며 자연 그대로의 음식을 강조합니다. 채소, 과일, 곡물, 콩류, 견과류는 모두 건강과 웰빙을 증진하는 영양 식품으로 간주됩니다. 가공식품, 정제 설탕, 인공 재료는 몸과 마음에 해롭다고 여겨지므로 일반적으로 피하는 것이 좋습니다.

선은 또한 식생활에서 절제를 강조합니다. 선 수행자들은 푸짐하고 사치스러운 식사를 즐기기보다는 배고픔을 채우고 몸에 영양을 공급할 수 있을 만큼만 먹는 것을 목표로 합니다. 이는 신체적 불편함과 불안감을 유발할 수 있는 과식을 예방하는 데 도움이 됩니다.

이러한 식습관 외에도 선은 음식에 대한 감사와 관대함의 실천을 장려합니다. 수행자들은 자신이 먹는 음식의 생산에 들어가는 노력과 자원에 감사하고 자비심과 친절을 증진하는 방법으로 음식을 다른 사람들과 나누도록 권장됩니다.

젠의 주요 목표는 음식을 최대한 천천히 먹으면서 한 입 한 입 음미하고, 한 입 먹을 때마다 심호흡을 하는 것입니다. 선 식습관은 음식을 먹을 때 마음챙김과 감사하는 마음을 기르는 것입니다. 선 수행자는 영양이 풍부한 천연 식품을 선택하고 적당히 먹음으로써 신체적 건강, 정신적 명료함, 영적 웰빙을 증진할 수 있습니다.

음식 명상과 사무라이

사무라이 문화에서 식사는 일상 생활의 중요한 측면으로 여겨져 종종 의식과 의식을 동반했습니다. 식사는 사색과 대화, 동료애를 다지는 시간이었으며 육체적, 정신적 힘을 기를 수 있는 기회로 여겨졌습니다.

사무라이에게 음식은 여러 가지 측면에서 명상의 한 형태로 볼 수 있습니다. 첫째, 사무라이들은 마음 챙김과 그 순간에 온전히 집중하는 것을 매우 중요하게 여겼습니다. 음식을 준비하고 먹을 때, 그들은 당면한 일에 주의를 집중하고 모든 감각을 동원했습니다. 이러한 마음 챙김과 현재에 집중하는 행위는 일종의 명상으로 볼 수 있습니다.

둘째, 사무라이들은 영양의 중요성과 영양이 신체적, 정신적 웰빙에 미치는 영향을 잘 알고 있었습니다. 그들은 음식이 단순히 생계의 원천일 뿐만 아니라 몸을 치유하고 영양을 공급할 수 있는 약의 한 형태라고 믿었습니다. 따라서 영양이 풍부하고 건강에 유익한 음식을 선택하고 조리하는 데 세심한 주의를 기울였습니다. 자신이 먹는 음식이 몸에 어떤 영향을 미칠지 염두에 두는 이러한 행위는 일종의 명상으로도 볼 수 있습니다.

마지막으로 사무라이들은 음식을 자연과 교감하고 그 아름다움을 감상하는 수단으로 여겼습니다. 그들은 음식은 땅이 주는 선물이며 존중하고 소중히 여겨야 한다고 믿었습니다. 따라서 그들은 종종 제철 재료와 자연의 풍미를 식사에 포함시켰으며, 시간을 들여 준비한 음식의 색, 질감, 향을 감상했습니다. 자연과 교감하고 그 아름다움을 감상하는 이러한 행위는 일종의 명상으로도 볼 수 있습니다.

사무라이에게 음식은 마음 챙김과 현재에 집중할 수 있게 해주고, 몸과 마음에 영양을 공급하며, 자연과 교감하고 그 아름다움을 감상하는 데 도움을 주었기 때문에 명상의 한 형태로 볼 수 있습니다.

이는 현재에 집중하는 것, 먹는 감각적 경험에 주의를 기울이는 것, 몸에 영양을 공급하는 소박한 즐거움에 감사하는 것의 중요성을 강조합니다.

선승과 청년

지혜와 가르침으로 높은 존경을 받는 선사가 있었습니다. 어느 날 한 청년이 스승을 찾아와 "스승님은 훌륭한 스승이라고 들었습니다. 어떻게 하면 다른 사람의 존경을 받을 수 있는지 가르쳐 주시겠습니까?"

선사는 그 청년을 바라보며 "존경은 힘이나 조작으로 얻을 수 있는 것이 아니다. 그것은 너의 행동과 인격을 통해 얻어야 한다."라고 말했습니다.

청년은 혼란스러워하며 스승에게 설명을 부탁했습니다. 그러자 선사는 청년을 근처 정원으로 데려가 아름다운 장미꽃 한 송이를 보여주었습니다. 그리고는 청년에게 덤불에서 꽃 한 송이를 꺾으라고 했습니다. 청년은 시키는 대로 가장 아름다운 꽃을 꺾었습니다.

그러자 선사는 젊은이에게 그 꽃을 다시 덤불에 넣어달라고 부탁했습니다. 청년은 어리둥절해하며 이미 뽑은 꽃을 왜 다시 넣어야 하냐고 물었습니다. 그러자 선사는 "존경이란 이 꽃과 같습니다. 한 번 뽑히면 그 아름다움과 가치를 잃게 됩니다. 그러나 덤불에 그대로 두면 계속 자라고 꽃을 피우며 사람들은 그 아름다움과 강인함을 존경하게 됩니다."

청년은 선사의 말에 담긴 지혜를 깨닫고 존경은 우리의 행동과 인격을 통해 얻어야 한다는 것을 깨달았습니다. 그는 모든 생명체에 대한 존경심을 새롭게 느끼며 선사의 곁을 떠났습니다.

이 선(禪) 이야기는 우리의 건강을 꽃처럼 존중해야 한다는 것을 보여줍니다. 항상 좋은 건강은 우리가 꽃을 피우는 데 도움이 되는 덤불 속의 꽃과 비슷하지만, 우리 몸에 대한 자기 존중을 보여주지 않으면 그 가치를 잃게 됩니다. 그것은 우리가 친절과 연민으로 자신을 대해야한다는 것을 상기시켜줍니다. 우리 자신과 주변 세상을 존중하기 위해서는 겸손과 감사와 같은 내면의 자질을 길러야 합니다.

선과 자기 존중

자기 존중의 실천은 판단이나 자기 비난 없이 자신을 있는 그대로 받아들이는 것의 중요성을 가르칩니다. 자기 수용을 수용함으로써 개인은 인간으로서 자신의 고유한 가치와 존엄성을 인정하고 자존감을 키울 수 있습니다. 이러한 수용은 외적인 성취나 조건에 근거한 것이 아니라 자신의 본질적인 본성에 대한 인식에서 비롯됩니다.

명상, 마음챙김, 자기 성찰과 같은 수행에 참여함으로써 개인은 내면의 욕구와 연결되고 자신을 키우기 위한 주도적인 조치를 취할 수 있습니다. 마음챙김 자기 관리에 참여함으로써 개인은 신체적, 정신적, 정서적 웰빙에 주의를 기울임으로써 자기 존중을 보여줄 수 있습니다.

이는 현재의 순간을 받아들이고 자신을 있는 그대로 받아들이는 데 도움이 되며, 개인은 외부의 비교나 판단과 무관한 자존감을 키울 수 있습니다. 이를 통해 자신의 여정과 고유한 길에 대해 더 깊이 이해할 수 있습니다.

현 세대에 대한 존중

존중은 사무라이 행동 강령의 필수적인 부분이었으며, 현 세대에도 여전히 중요한 자질로 남아 있습니다. 음식에 대한 접근 방식에 존중의 원칙을 적용하면 식사와 더 건강한 관계를 형성하고 전반적인 웰빙을 향상시킬 수 있습니다.

규칙적인 식사 일정을 정하고 식사의 우선순위를 정하세요. 식사를 서두르거나 거르지 않고 영양분을 섭취할 수 있는 시간을 확보할 수 있도록 하루를 계획하세요. 신중한 선택을 하도록 노력하고 정크푸드보다 영양가 있는 통식품을 우선시합니다. 음식 선택이 신체적, 정신적 웰빙에 미치는 영향을 고려하여 과일, 채소, 저지방 단백질, 통곡물이 포함된 균형 잡힌 식사를 선택합니다.

TV 시청이나 휴대폰 사용과 같은 방해 요소 없이 식사하는 연습을 합니다. 한 입 한 입 음미하며 맛과 질감을 느끼면서 먹는 행위에 온전히 집중하세요. 이렇게 하면 음식과 더 깊은 유대감을 형성하고 식사 경험의 즐거움을 높일 수 있습니다.

자기 존중을 실천하여 신체적, 정신적으로 자신을 잘 관리하세요. 여기에는 경계를 설정하고, 자기 관리 활동의 우선순위를 정하고, 전반적인 웰빙을 가꾸는 것이 포함됩니다. 기쁨을 주는 활동에 참여하고, 자기 연민을 실천하며, 개인적인 성장을 추구하세요.

건강한 음식으로 영양을 공급하고 충분한 휴식을 취함으로써 내 몸에 친절을 베풉니다. 신체적, 정신적 건강을 위해 충분한 수면을 취하는 것을 우선순위로 삼습니다. 일관된 수면 루틴을 정하고, 편안한 환경을 조성하며, 좋은 수면 위생 습관을 실천하여 필요한 휴식을 취할 수 있도록 합니다.

다양한 과일과 채소를 포함한 균형 잡힌 식단을 유지하기 위해 노력하세요. 필수 비타민, 미네랄, 섬유질의 공급원으로 식단에 포함하세요. 다양한 식품군을 대표하는 다채로운 식단을

무결성 (마코토)

"정직하고 공감하는 리더십을 발휘하려면 비전과 자신의 가장 깊은 내면과의 연결이 필요합니다."
- *칼라 맥라렌*

스스로에게 정직하게 살고 있나요?

- 자기 성실성은 운동 루틴을 고수하는 능력에 어떤 영향을 미칠까요?

- 운동할 때 자기 정직성을 유지하는 데 방해가 되는 일반적인 장벽은 무엇인가요?

- 운동 목표와 루틴을 개인의 가치관 및 우선순위에 맞게 조정하려면 어떻게 해야 하나요?

- 운동 습관과 루틴에 있어 자기 인식과 마음챙김을 어떻게 키울 수 있을까요?

- 좌절이나 장애물에 직면했을 때에도 운동 루틴에 동기를 부여하고 일관성을 유지하기 위해 어떤 전략을 사용할 수 있나요?

- 운동 루틴에서 자기계발과 성취에 대한 열망과 자기 연민 및 수용의 균형을 맞추려면 어떻게 해야 할까요?

- 운동 습관과 루틴이 지속 가능하고 장기적인 건강과 웰빙을 증진하려면 어떻게 해야 할까요?

- 자기 성실성은 신체적, 정신적 건강에 어떤 영향을 미치나요?

- 어떻게 하면 운동 루틴에서 책임감과 책임감을 기르는 동시에 변화하는 상황에 유연하게 적응할 수 있을까요?
- 운동에 대한 우리의 사고방식과 신념이 자기 정직성을 유지하고 목표를 달성하는 능력에 어떤 영향을 미칠까요?

많은 사람이 바쁜 일정으로 인해 운동 루틴을 지키지 못합니다. 또한, 사람들은 운동 루틴을 수행한 후 결과를 확인하지 못하고 연습 단계에서 큰 목표를 설정합니다. 목표를 달성하지 못하면 낙담하게 됩니다.

자기 성실성은 운동과 체력 단련에 중요한 역할을 합니다. 여기에는 개인의 가치와 신념에 충실하고 운동 습관과 루틴에서 일관성과 정직성을 유지하는 것이 포함됩니다. 자신의 성격과 라이프스타일에 맞는 운동 루틴을 찾으면 운동이 불가능해 보일 수도 있습니다. 운동 시간이 기다려지는 자신을 발견할 수도 있습니다. 사무라이 전사가 어떻게 매일 건강을 유지했는지 알아보세요.

무결성(마코토)

청렴이란 정직하고 진실하며 도덕적 원칙을 일관되게 준수하는 자질을 말합니다. 무사도 강령의 근간을 이루는 청렴은 사무라이 전사의 지침이 되는 원칙입니다. 무사도 강령의 기본 덕목인 정직은 자신의 말을 지키고 성실하게 행동하며 강한 명예의식을 유지하는 것의 중요성을 강조합니다.

무사도 강령에서 청렴은 핵심 원칙의 준수와 깊이 연관되어 있습니다. 청렴한 사무라이들은 이러한 원칙을 행동에 구현하여 최고 수준의 도덕성과 윤리적 행동을 지키기 위해 끊임없이 노력했습니다. 이러한 원칙에 대한 그들의 헌신은 그들의 행동이 정직과 정의에 따라 이루어지도록 보장했습니다.

사무라이는 생각, 행동, 감정에서 절제된 모습을 보여야 했습니다. 이러한 자제력을 통해 그들은 충동적이거나 불명예스러운 행동을 자제함으로써 청렴성을 유지했습니다. 이러한 자기 수양에 대한 강조는 일상 생활에서 명예와 청렴의식을 심어주었습니다.

사무라이 방식의 무결성

신체적, 정신적 훈련은 사무라이들이 청렴을 지키고, 극기심을 기르며, 회복탄력성을 기르는 수단으로 사용되었습니다. 사무라이들은 헌신적인 훈련과 신체적 숙달을 추구함으로써 체력, 정신적 명료성, 규범에 대한 확고한 의지를 키웠습니다. 이러한 훈련은 힘, 지구력, 민첩성, 균형감각, 집중력을 향상시키기 위해 고안되었으며, 이는 전장 안팎에서 수행 능력을 발휘하는 데 필수적인 요소였습니다.

사무라이는 신체적 능력이 전사로서의 역할에 필수적이라는 것을 잘 알고 있었습니다. 그들은 검술, 궁술, 무술 등의 활동을 포괄하는 엄격한 신체 훈련에 전념했습니다. 사무라이는 이러한 훈련의 숙달을 위해 노력함으로써 심오한 규율 감각, 정신적 강인함, 신체적 완전성을 개발했습니다.

건강한 신체는 건강한 정신으로 이어져 집중력과 주의력, 정신력을 유지할 수 있게 해줍니다. 이러한 신체적, 정신적 조화는 전장 안팎에서 청렴성을 유지하는 데 매우 중요했습니다.

무사들은 청렴의 원칙을 지킴으로써 전우와 적 모두의 신뢰와 존경을 받았습니다.

사무라이들은 엄격한 훈련 요법을 준수하고 체계적인 훈련 루틴에 따라 흔들림 없는 헌신을 다했습니다. 훈련 중 직면하는 육체적 어려움은 정신적 회복력을 키워 장애물을 극복하고 규범에 대한 확고한 헌신을 보여줄 수 있게 했습니다.

사무라이는 명상, 심호흡 운동, 무술 수련을 통해 신체적 움직임과 정신 집중 및 영적 연결을 결합했습니다. 이러한 수련은 내면의 평온함, 자기 인식, 규범과의 일치감을 길러주었고, 몸과 마음, 정신을 통합하여 무사로서의 정체성을 강화했습니다.

사무라이와 그들의 운동

사무라이는 전사의 임무 수행에 필수적인 신체적 능력과 엄격한

훈련으로 유명했습니다. 사무라이의 운동법 중 일부는 극도의 육체적, 정신적 인내를 요구하는 매우 어려운 것이었습니다.

IAIDO

"이아이도"라고도 알려진 검 명상은 검을 사용하는 데 중점을 둔 일본 무술입니다. 일본도(카타나)로 검을 그리거나 자르고 칼집을 내는 연습과 평온하고 집중력 있는 마음을 기르기 위한 명상 기법에 중점을 둡니다.

이 카타나는 혼자서 수련하며, 수련자는 일련의 정확하고 통제된 동작으로 기술을 수행합니다. 스포츠라기보다는 '길' 또는 '도(道)'로 간주되며 절제력, 집중력, 정신적-신체적 통제력을 키우는 데 중점을 둡니다.

아이이도의 핵심적인 측면 중 하나는 마음 챙김과 현재에 집중하는 것을 강조한다는 점입니다. 수련생들은 현재 순간에 주의를 집중하고 평온하고 집중된 마음 상태를 기르도록 권장됩니다.

검 명상과 사무라이 명상은 오늘날에도 일본에 남아 있으며, 전 세계의 많은 사람들이 신체적, 정신적, 영적 이점을 위해 이러한 수련법을 연구하고 있습니다. 아이도는 수련자가 집중력, 규율, 마음챙김을 기르고 체력과 호신술을 향상시키는 데 중점을 두는 무술입니다.

KINHIN

걷기 명상인 킨힌은 봉건 시대 일본의 사무라이들이 마음 챙김,

집중력, 규율을 기르기 위한 수단으로 수행하기도 했습니다. 사무라이들은 종종 킨힌을 무술 훈련에 통합하여 자신의 신체를 더 잘 인식하고 통제할 수 있는 수단으로 사용했습니다. 킨힌은 수련자가 각 발걸음과 호흡에 주의를 기울이며 천천히 마음챙김으로 걷는 수련법입니다. 킨힌은 종종 선 명상의 일부로 수행되지만, 인식과 내면의 평온함을 기르기 위한 방법으로 단독으로 수행할 수도 있습니다.

킨힌을 하는 동안 사무라이들은 일반적으로 천천히 그리고 신중하게 걸으며 호흡과 발과 다리의 감각에 주의를 집중했습니다. 이를 통해 무사들은 자신의 몸과 움직임에 대한 자각력을 키울 수 있었고, 이는 무술 훈련에 필수적인 요소였습니다.

킨힌은 또한 정신적 명료성과 집중력을 키우는 수단으로 여겨졌는데, 이는 사무라이가 전투에서 침착하고 평정심을 유지하는 데 필수적인 요소였습니다. 사무라이들은 킨힌을 규칙적으로 수련함으로써 내면의 평화와 집중력을 키울 수 있었고, 이는 격렬한 전투 속에서도 중심을 잃지 않고 집중하는 데 도움이 되었습니다. 각 발걸음과 호흡에 집중함으로써 사무라이 수련자는 자신의 움직임과 감정을 더 잘 통제할 수 있으며, 이는 무술적 상황과 비무술적 상황 모두에서 유용할 수 있습니다.

또한 걷기 명상 수련은 사무라이 수련생이 현재 순간에 더 잘 연결될 수 있도록 도와주며, 이는 전투 상황에서 효과적인 의사결정과 빠른 반응에 필수적입니다.

킨힌은 사무라이의 훈련과 영적 수행의 중요한 부분이었으며,

무술가이자 개인으로서 성장하는 데 필수적인 것으로 여겨졌습니다. 킨힌 수련은 사무라이가 전장 안팎에서 성공하는 데 필수적인 자질인 마음챙김, 집중력, 규율을 기르는 데 도움이 되었습니다.

사무라이 워크

사무라이는 걷기를 포함한 삶의 모든 측면에서 규율과 마음가짐을 잘 지키는 것으로 유명했습니다. 그들은 자세, 균형감, 존재감을 키우기 위해 '사무라이 워크' 또는 '사무라이 걸음걸이'로 알려진 느리고 신중하게 걷는 연습을 자주 했습니다.

사무라이 워크는 사무라이가 올바른 자세와 균형을 유지하면서 빠르고 민첩하게 움직일 수 있도록 고안된 실용적인 보행법입니다. 사무라이 워킹은 몸의 무게를 두 발에 고르게 분산시키면서 작고 빠른 발걸음을 내딛는 것이 특징입니다. 팔은 몸에서 약간 떨어져서 들고, 손은 필요한 경우 검을 뽑을 준비를 합니다. 사무라이 워킹은 명상을 위한 동작이라기보다는 효율적이고 실용적인 동작으로 설계되었습니다.

사무라이 걸음걸이는 혼돈과 갈등 속에서도 평온함과 절제된 느낌을 전달하기 위해 고안되었습니다. 사무라이는 허리를 곧게 펴고 고개를 높이 들고 천천히 신중하게 걸음으로써 겸손과 존경심을 유지하면서도 자신감과 힘을 전달했습니다.

실용적인 이점 외에도 사무라이 걸음걸이는 사무라이 에티켓과 문화에서 중요한 부분을 차지했습니다. 사무라이는 이 걸음걸이를 연습함으로써 전투 안팎에서 규율, 명예, 존경에 대한 그들의 헌신을 보여줄 수 있었습니다.

모쿠소

사무라이의 명상 수련에는 마음을 비우고 호흡이나 시각적 이미지와 같은 한 지점에 집중하는 명상의 한 형태인 '모쿠소'가 포함되었습니다. 모쿠소를 하는 동안 사무라이들은 눈을 감고 정확하고 정밀하게 검술을 구사하는 자신의 모습을 상상했습니다. 쉽고 우아하게 움직이며 상대를 쉽고 민첩하게 공격하는 자신의 모습을 상상합니다.

섀도우 복싱

사무라이가 사용한 또 다른 시각화 기법은 "섀도우 복싱"이라고 불렀습니다. 이 기술을 하는 동안 사무라이들은 마음속으로 상대를 시각화하여 마치 상대와 싸우는 것처럼 검술을 연습했습니다. 이 기술은 사무라이가 타이밍과 정확성을 기르고 상대의 움직임을 읽는 능력을 키우는 데 도움이 되도록 고안되었습니다.

시각화 기법은 또한 사무라이들의 정신적 강인함과 회복력을 강화하기 위해 사용되었습니다. 예를 들어, 그들은 두려움에 맞서고 힘과 용기로 극복하는 자신의 모습을 시각화했습니다. 이러한 시각화 기법은 전장의 도전과 위험에 맞서는 데 필요한 정신적 강인함을 기르는 데 도움이 되었습니다.

사무라이의 시각화 기법 사용은 그들이 훈련에서 정신적, 육체적 준비를 얼마나 중요하게 여겼는지를 잘 보여줍니다. 시각화 기법을 연습함으로써 사무라이들은 기술을 개발하고, 수행 능력을 향상시키고, 전투의 어려움에 맞서는 데 필요한 정신적 강인함을 기를 수 있었습니다.

무술 훈련

사무라이는 검술, 활쏘기, 백병전 등 다양한 무술을 훈련했습니다. 이러한 신체 훈련은 전사로서의 임무 수행에 필수적인 힘, 속도, 민첩성을 기르는 데 도움이 되었습니다. 동시에 혹독한 훈련을 통해 절제력, 인내심, 정신적 강인함을 기를 수 있었으며, 이는 청렴성을 기르는 데 필수적인 요소였습니다.

KYUJUTSU

궁술, 즉 궁술은 봉건 시대 일본의 사무라이들이 수련한 전통 무술 중 하나였습니다. 사무라이는 숙련된 궁수이기도 했으며 서서, 무릎을 꿇고, 앉아서 활을 쏘는 기술을 연습하며 궁술 훈련을 했습니다. 활과 화살은 전쟁뿐만 아니라 사냥, 그리고 개인적인 명상과 자기 계발의 한 형태로도 사용했던 사무라이에게 필수적인 기술로 여겨졌습니다.

사무라이들은 기술, 체력, 정신 수양에 중점을 두고 매우 엄격하고 집중적인 방식으로 규슈츠를 수련했습니다. 그들은 종종 매일 몇 시간씩 활쏘기 연습을 하며 기술을 연마하고 호흡과 정신 상태에 집중했습니다.

규주쓰의 핵심 요소 중 하나는 몸과 마음을 통합하는 예술이라는 생각이었습니다. 사무라이들은 활쏘기에 성공하기 위해서는 몸과 마음이 완벽하게 일치하고 하나가 되는 완전한 집중과 집중의 상태에 도달해야 한다고 믿었습니다.

이러한 경지에 도달하기 위해 사무라이들은 다양한 명상과 호흡법을 연습했는데, 이는 자기 인식과 정신적 명료성을 키우는 데 도움이 되도록 고안되었습니다. 또한 근력 및 컨디셔닝 운동과 같은 신체 훈련에 참여하여 활쏘기에 필요한 까다로운 신체 작업을 수행할 수 있는 강인한 신체를 만들었습니다.

사무라이들은 또한 궁술의 윤리적, 정신적 측면을 매우 중요하게 여겼습니다. 그들은 궁술 수련이 단순히 육체적 기술을 습득하는 것뿐만 아니라 개인적인 규율, 내면의 힘, 도덕적 청렴성을 기르는 것이라고 믿었습니다.

사무라이들은 규슈를 육체적, 정신적, 영적 능력을 개발하는 수단으로 삼아 고도의 훈련과 집중력을 발휘하며 수련했습니다. 궁술 수련을 통해 그들은 완전한 집중력과 집중력을 발휘하는 동시에 개인의 청렴성과 도덕적 책임감을 키우는 것을 목표로 삼았습니다.

JUJUTSU

비무장 전투 기술인 주짓수는 봉건 시대 일본의 사무라이들이 수련한 또 다른 전통 무술입니다. 주짓수는 자신과 영주를 보호하기 위해 무장 전투와 비무장 전투에 모두 능숙해야 했던 사무라이에게 필수적인 기술로 여겨졌습니다.

사무라이들은 기술, 체력, 정신 수양에 중점을 두고 주짓수를 수련했습니다. 그들은 매일 몇 시간씩 주짓수를 수련하며 기술을 연마하고 힘과 컨디션을 향상시키기 위해 노력했습니다.

주술의 핵심 요소 중 하나는 상대방의 힘과 추진력을 이용해 상대를 제압하는 것이었습니다. 사무라이는 상대의 움직임을 이용하기 위해 정확한 기술과 타이밍을 사용하여 다양한 던지기, 관절 잠금, 타격으로 상대를 무력화시켰습니다.

주짓수를 준비하기 위해 사무라이들은 근력 및 컨디셔닝 운동, 그래플링 훈련, 타격 훈련 등 다양한 훈련을 했습니다. 또한 명상과 호흡법을 통해 정신 수양과 집중력을 기르며 전투에 대비했습니다.

사무라이들은 또한 주짓수의 윤리적, 정신적 측면을 매우 중요하게 여겼습니다. 그들은 주짓수를 수련하는 것이 단순히 신체적 기술을 습득하는 것뿐만 아니라 개인적인 규율, 내면의 힘, 도덕적 청렴성을 기르는 것이라고 믿었습니다.

사무라이들은 주짓수를 자기 방어 수단으로 수련하는 것 외에도 개인적인 명상과 자기 계발의 한 형태로도 여겼습니다. 기술을 연마하고 신체적, 정신적 수련을 통해 더 나은 전사와 더 나은 사람이 될 수 있다고 믿었습니다.

사무라이들은 기술, 체력, 정신 수양에 중점을 두고 주짓수를 수련하여 전사와 개인으로서의 기술을 개발하는 수단으로 사용했습니다. 그들은 주짓수의 윤리적, 정신적 측면을 매우 중시했으며 주짓수를 개인적인 명상과 자기 계발의 한 형태로 여겼습니다.

켄쥬츠

켄주쓰는 전투에서 일본도(카타나)를 사용하는 데 중점을 둔 일본 무술입니다. 일본의 봉건 시대로 거슬러 올라가는 "코류" 또는 "올드 스쿨" 무술로 간주됩니다.

검술 수련생들은 검을 사용하여 타격, 베기, 찌르기, 밀기, 패기, 막기 등 다양한 기술을 배웁니다. 이러한 기술은 검을 사용하는 데 있어 정밀성, 속도, 정확성을 기르는 것을 목표로 혼자서 또는 파트너와 함께 연습합니다.

검술의 핵심 중 하나는 올바른 자세, 균형, 발놀림을 강조하는 것입니다. 수련생들은 강하고 안정적인 자세를 유지하면서 우아하고 유연하게 움직이는 법을 배워 타격에 힘을 실을 수 있습니다.

검술의 신체적 기술 외에도 수련생들은 일본 검의 역사와 문화에 대해서도 배웁니다. 여기에는 검 제작에 대한 연구뿐만 아니라 검과 관련된 에티켓과 철학도 포함됩니다.

검술은 신체적, 정신적 훈련이 모두 필요한 도전적이고 보람 있는 무술입니다. 실용적인 응용과 문화적 중요성 모두에서 전 세계 많은 사람들이 수련하는 인기 있는 무술입니다.

검도 훈련

검도는 규율, 존중, 정신 집중을 강조하는 신체 운동의 한 형태입니다. 사무라이는 정확한 발놀림과 타이밍, 신체 조절이 필요한 가타나 또는 미리 정해진 동작을 연습하며 검도를 수련했습니다. 검도는 대나무 검과 보호 장비를 사용하는 일본 무술입니다. 검도 수련자는 보호구(보구)를 착용하고 죽도(시나이)를 사용하여 상대의 머리, 손목, 몸통 등 지정된 부위를 공격합니다.

검도는 검술의 원리와 기술을 보존하면서 심각한 부상 없이 안전하게 수련할 수 있도록 변형된 신체 운동과 정신 수양의 한 형태로 발전했습니다. 또한 스파링 시합을 통해 체력과 정신력을 최대한 발휘하여 상대를 이겨야 했습니다. 검도는 신체적 단련과 검술의 숙달뿐만 아니라 규율, 존중, 정신적 집중을 강조합니다.

BAJUTSU

사무라이는 장거리 이동과 전투에 필수적인 승마 훈련을 받았습니다. 그들은 질주, 점프, 회전 등 다양한 승마 기술을 연습했으며, 말을 탄 채로 칼과 창을 사용하는 기마전투 훈련도 받았습니다.

사무라이는 엄격한 신체 훈련과 말 위에서 수행하도록 고안된 무술 기술을 결합하여 바주츠를 수련했습니다. 바주츠 훈련의 주요 목표는 사무라이가 말을 무기로 효과적으로 사용할 수 있도록 가르치고 다양한 기마 전투 기술을 습득하는 것이었습니다.

사무라이들은 바주츠 훈련을 시작하기 전에 말에 올라타고 내리는 법, 한 손으로 무기를 들고 다른 손으로 말을 조종하는 법, 맨몸으로 타는 법 등 기본적인 승마 기술을 배웠습니다. 이러한 기술을 익힌 후에는 장애물을 뛰어넘으며 전속력으로 달리기, 기마 활쏘기 및 검술 연습과 같은 고급 기술로 넘어가게 됩니다.

사무라이는 전속력으로 달리는 동안 베기, 찌르기, 막기 등의 기술을 연습하고, 필요하면 말에서 내려 근접 전투를 벌이는 방법도 배웠습니다. 이러한 기술은 전쟁에서 필수적인 기술로, 사무라이가 원거리에서 적과 교전하거나 근접전으로 돌격할 때 빠르고 정확하게 사용할 수 있게 해줍니다.

바주츠 수련은 사무라이 훈련의 필수적인 부분이었으며 전장에서의 성공에 중요한 역할을 했습니다. 고도의 체력과 정신 수양은 물론 승마 기술과 다양한 전투 기술의 숙달이 필요했습니다. 오늘날에도 바주츠는 전통 무술로서 전 세계 애호가들 사이에서 여전히 인기를 끌고 있습니다.

야부사메

야부사메는 말을 타고 빠른 속도로 달리면서 과녁을 향해 화살을 쏘는 일본의 전통 무술입니다. 말과 기수 사이의 뛰어난 협응력은 물론 활과 화살을 다루는 고도의 기술이 필요했습니다.

사무라이들은 야부사메를 기마 궁술 훈련의 일환으로 연습했는데, 이는 사무라이 시대 전쟁에 필수적인 기술이었습니다.

야부사메를 연습하려면 사무라이는 먼저 승마에 필요한 기본적인 승마 기술을 익혀야 했습니다. 여기에는 말에 올라타고 내리는 법, 한 손으로 활과 화살을 잡고 다른 손으로 말을 조종하는 법, 균형과 제어력을 유지하면서 전속력으로 달리는 법 등이 포함됩니다.

이러한 기술을 익힌 무사들은 야부사메를 연습하는 단계로 넘어갔습니다. 야부사메는 트랙을 전속력으로 달리며 짚이나 기타 재료로 만든 일련의 과녁을 쏘는 훈련입니다. 표적은 일반적으로 트랙을 따라 일정한 간격으로 배치되어 있었으며, 라이더는 빠른 속도로 지나가면서 각 표적을 쏴야 했습니다.

훈련의 난이도를 높이기 위해 사무라이는 때때로 눈을 가리고 달리거나 눈을 감고 본능과 근육의 기억에만 의존하여 과녁을 맞추기도 했습니다. 이것은 그들의 기술과 야부사메의 숙달을 증명하는 것이었습니다.

사무라이는 야부사메에 필요한 신체적 기술 외에도 고도의 정신 집중력과 집중력을 길러야 했습니다. 빠른 속도로 말을 타고 화살을 쏘는 동안 침착함과 집중력을 유지해야 했기 때문에 고도의 정신 수양과 훈련이 필요했습니다.

야부사메는 고도의 신체적, 정신적 훈련이 필요한 도전적이고 까다로운 무술이었습니다. 하지만 봉건 시대에는 사무라이에게 필수적인 기술이었으며, 오늘날에도 일본에서 인기 있는 전통 무술로 남아 있습니다.

지구력 훈련

사무라이는 또한 달리기, 수영, 등산 등 다양한 지구력 운동을 통해 육체적, 정신적 체력을 키웠습니다. 사무라이들은 지구력을 기르고 심신을 단련하기 위해 장거리를 달리기도 하고 때로는 며칠씩 달리기도 했습니다.

호흡 운동

사무라이는 또한 마음을 진정시키고 집중력을 키우기 위해 심호흡과 호흡 조절과 같은 호흡 운동을 연습했습니다. 이는 스트레스가 많은 상황에서도 평정심을 유지하고 정신을 맑게 유지하는 데 도움이 되었으며, 이는 무결성을 유지하는 데 매우 중요했습니다.

그룹 훈련 및 스파링

사무라이는 종종 다른 전사들과 함께 훈련하고 스파링을 하면서 동지애와 상호 존중을 기를 수 있었습니다. 사무라이는 짝을 지어 훈련 또는 스파링 세션에 참여했으며, 여기에는 동료 사무라이와 함께 기술을 연습하고 모의 전투에 참여하는 것이 포함되었습니다. 전사들은 짝을 지어 훈련함으로써 자신의 기술을 테스트하고, 타이밍과 거리를 조정하며, 실시간 전투 역학 관계를 이해할 수 있었습니다. 이러한 상호작용을 통해 무사들은 팀워크, 협력, 페어플레이를 중요시하는 법을 배웠으며, 이는 무사로서의 품위를 유지하는 데 필수적인 요소였습니다.

그룹 훈련과 스파링을 통해 사무라이들은 리더십 자질을 개발할 수 있었습니다. 경험이 풍부한 사무라이들은 교관 역할을 맡아 후배 전사들을 지도하고 멘토링했습니다. 이들은 단체 훈련 세션을 감독함으로써 규율을 심어주고 팀워크를 키우며 전장에서 부대를 지휘하는 데 필요한 리더십 기술을 배양했습니다.

단체 훈련과 스파링에 참여함으로써 사무라이 전사들은 전우애를 키웠습니다. 경험, 도전, 승리를 공유하면서 강한 유대감을 형성하고 전우에 대한 깊은 신뢰를 쌓았습니다. 이러한 전우애는 전투 중 단결력과 결속력을 유지하는 데 결정적인 역할을 했습니다.

사무라이들은 명상, 무술 훈련, 호흡법, 단체 훈련, 스파링 등 다양한 운동과 기술을 사용하여 청렴성을 기르는 데 힘썼습니다. 이러한 수련은 체력과 정신력을 기르는 데 도움이 되었을 뿐만 아니라 의미 있고 만족스러운 삶을 사는 데 필수적인 규율, 명예, 윤리적 행동에 대한 감각을 심어주었습니다.

사무라이가 따르는 신체 운동 기술의 이점

신체 운동은 사무라이에게 많은 이점을 가져다주었고, 사무라이가 숙련된 전사로 성장하는 데 기여했습니다. 다음은 사무라이가 운동으로 얻은 몇 가지 장점입니다:

- 체력
- 무술 기술 숙달
- 정신 집중력 및 규율
- 반사 신경 및 반응 시간 향상
- 부상 예방 및 회복력
- 팀워크와 단결
- 스트레스 해소와 정신 건강

젠 마스터와 젊은 사무라이

한 젊은 무사가 지혜를 구하기 위해 한 선사를 찾아왔습니다. 그는 스승에게 "의로운 자와 불의한 자의 차이점이 무엇입니까?"라고 물었습니다.

스승은 "군자는 권력을 잡으면 정의를 생각하고 백성을 위해 선을 행한다. 악인이 권력을 잡으면 부패하고 백성에게 해를 끼칩니다. 이것이 바로 그 차이입니다."

무사는 그 대답을 잠시 생각한 후 "하지만 귀족은 권력이 없고 악인은 권력이 있을 때는 어떻습니까?"라고 다시 물었습니다.

그러자 스승은 "그 경우, 유일한 차이점은 귀족은 권력이 없어도 절개를 지키고 악인은 권력이 생기면 절개를 버린다는 것입니다."라고 대답했습니다.

이 이야기는 우리 주변의 세상이 무너지고 있는 것처럼 보일 때에도 자기 청렴의 중요성을 강조합니다. 이 이야기는 우리의 진정한 성품은 환경이 아니라 우리의 선택에 의해 드러난다는 사실을 일깨워줍니다. 또한 우리 삶에서 청렴의 중요성을 보여줍니다. 청렴은 사고 팔 수 있는 것이 아니라 우리 스스로가 길러야 하는 것임을 일깨워 줍니다. 청렴하게 행동할 때 우리는 다른 사람들의 존경과 신뢰를 얻고 세상에 선한 영향력을 발휘할 수 있습니다. 우리의 가치와 원칙을 지킴으로써 우리는 의미와 목적이 있는 삶을 살며 주변 세상에 긍정적인 영향을 미칠 수 있습니다.

선과 자기 무결성

선의 원리를 주입하고 자기완결성을 받아들임으로써 개인은 신체적 훈련과 개인적 성장을 향상시킬 수 있습니다. 무술, 검술, 또는 어떤 신체 수련을 하든 선의 본질을 구현하면 그 경험이 향상됩니다.

신체 인식과 정렬을 촉진하는 것은 수행에 필수적인 요소입니다. 자세, 균형, 정렬에 주의를 기울임으로써 개인은 신체적 측면과 정신적 측면의 조화로운 통합을 배양할 수 있습니다. 이러한 인식은 자기 통합을 촉진하여 각 동작이 내면의 진실을 반영할 수 있도록 합니다.

의식적인 호흡 조절은 선에서 영감을 받은 신체 운동에서 중요한 역할을 합니다. 호흡과 동작을 동기화함으로써 수련생은 자각과 집중력을 키울 수 있습니다. 호흡은 현재 순간에 마음을 고정하고 몸과 정신의 원활한 통합을 가능하게 하는 가이드가 됩니다.

명상과 시각화 수행을 통합하면 선 철학의 통합이 더욱 깊어집니다. 수련생은 신체 운동 전후에 좌선 명상을 통해 평온하고 내면의 고요함을 기를 수 있습니다. 시각화 기법을 사용하여 동작을 시각화함으로써 정신적 명료성을 키우고 몸과 마음의 연결을 강화할 수 있습니다.

현 세대를 위한 무결성

특히 현대 사회에서 개인이 직면하는 많은 도전과 압박을 고려할 때, 현 세대에 있어 청렴성은 그 어느 때보다 중요합니다. 개인적 청렴성을 함양함으로써 개인은 어려운 상황을 우아하고 품위 있게 헤쳐 나갈 수 있는 내면의 힘과 회복력을 기를 수 있습니다.

자기 청렴성은 운동 루틴을 고수하는 데 중요한 역할을 합니다. 자신의 가치관과 행동을 일치시키고 스스로에게 약속할 때, 일관성을 유지하고 운동 목표를 달성하기가 더 쉬워집니다.

운동 습관에 대한 자기 인식과 마음 챙김을 기르세요. 운동이 신체적, 정신적으로 어떤 느낌을 주는지 주의를 기울입니다. 발생할 수 있는 저항이나 패턴을 파악하고 그에 따라 루틴을 조정하여 균형 잡히고 지속 가능한 접근 방식을 장려합니다.

현실적이고 달성 가능한 목표를 설정하고, 이를 작은 마일스톤으로 나누어 진행 상황을 추적하세요. 좋아하는 운동 루틴을 찾고, 사회적 지원이나 책임감을 찾고, 성취에 대한 보상을 받고, 규칙적인 운동의 긍정적인 이점에 집중하는 등 동기를 유지하는 방법을 찾아보세요.

사무라이가 강조한 개인의 성실성은 현 세대에게 귀중한 교훈이 될 수 있습니다. 무사도의 청렴 정신을 운동 루틴에 받아들임으로써 현 세대는 청렴의 등대가 되어 자신의 삶을 풍요롭게 하고 주변 세계에 긍정적인 영향을 미칠 수 있습니다.

명예(메이요)

"내가 누구인지 존중하기 때문에 자존감이 높습니다."

-*루이스 헤이*

자신의 소중함을 알고 계신가요?

- 전반적인 신체 건강과 웰빙을 개선하기 위해 어떤 조치를 취할 수 있나요?

- 내 건강에 부정적인 영향을 미칠 수 있는 습관이나 행동에는 어떤 것이 있으며 어떻게 바꿀 수 있나요?

- 건강을 우선시하면서 일과 개인 생활의 균형을 유지하려면 어떻게 해야 하나요?

- 나의 핵심 가치는 무엇이며, 이러한 가치에 맞게 내 행동을 조정하여 성취감을 높이려면 어떻게 해야 하나요?

- 더 나은 신체적, 정신적 건강을 증진하기 위해 스트레스 수준을 더 잘 관리하려면 어떻게 해야 하나요?

- 매일 밤 충분한 수면을 취하기 위해 사용할 수 있는 전략에는 어떤 것이 있나요?

- 건강을 우선시하면서 일과 개인 생활의 균형을 맞추려면 어떻게 해야 하나요?

- 나의 강점과 재능은 무엇이며, 이를 활용하여 의미 있는 방식으로 세상에 기여할 수 있는 방법은 무엇인가요?

- 내 인생에서 긍정적이고 서로에게 도움이 되는 관계는 무엇이며, 이러한 관계를 어떻게 발전시킬 수 있는가?

- 개인 및 직장 생활에서 어떻게 하면 나 자신에게 더

진정성 있고 진실할 수 있나요?

- 크든 작든 나의 성취와 성공을 축하할 수 있는 방법에는 어떤 것이 있나요?
- 나에게 기쁨과 성취감을 가져다주는 활동이나 취미는 무엇이며, 이를 위해 어떻게 시간을 낼 수 있나요?
- 시간과 에너지를 보호하기 위해 경계를 설정할 수 있는 방법에는 어떤 것이 있나요?

이 바쁜 세상에서 외부의 일탈로 인해 자신에게 충실하기란 매우 어렵습니다. 오늘날 우리는 스마트한 삶을 영위하고 있으며, 우리가 궤도에 오르도록 동기를 부여하기 위해 전자 기기가 필요합니다. 자신의 소중함을 알고 일상 생활에서 자신의 행동과 태도를 어떻게 형성할 수 있는지 아는 것은 정말 중요합니다. 개인의 가치와 도덕을 존중하는 것은 일상 생활에서 청렴성을 유지하는 데 도움이 됩니다. 이는 어려운 상황에서도 스스로에게 정직하고 진실해야 함을 의미합니다. 우리 자신과 우리의 업적을 존중하는 것은 자존감과 자신감을 키우는 데 도움이 될 수 있습니다. 자신의 가치를 인정하고 소중히 여기면 결단력과 목적 의식을 가지고 목표와 야망을 추구할 가능성이 높아집니다. 사무라이들이 어떻게 명예의 품격을 유지했는지, 그리고 그들의 방법이 현 세대에 어떻게 도움이 되는지 살펴보세요.

명예 (메이요)

명예는 사무라이와 일반 전사를 구별하는 핵심 원칙입니다. 명예에는 깊은 성실성, 도덕적 올바름, 고결한 행동에 대한 헌신이 포함됩니다. 명예를 지키기 위해서는 개인이 자신의 가치를 지키고 최대한의 성실과 헌신으로 의무를 다해야 합니다. 명예는 의로움, 정의, 존중을 바탕으로 한 행동을 규정하는 윤리 강령을 요구합니다.

사무라이에게 명예는 단순한 무사도 개념이 아니라 개인적인 깨달음과 성취를 향한 길입니다. 명예를 추구하는 것은 그들의 운명을 결정짓고, 육체적 존재가 사라진 후에도 그들의 명성과 유산을 결정합니다. 사무라이의 명예는 고결한 행동, 의로운 행동, 흔들리지 않는 충성심을 통해 지켜집니다.

또한 명예는 개인의 명성을 넘어 가문 및 혈통의 명성과도 밀접하게 연관되어 있습니다. 사무라이는 조상이 남긴 유산의 무게를 짊어지고 자신의 행동을 통해 가문의 명예를 지켜야 합니다.

사무라이 방식의 명예

명예는 사무라이의 인격과 행동, 목적 의식을 형성하는 삶의 방식에 있어 지침이 되는 힘이었습니다. 명예는 사무라이의 진정한 인격의 척도로 여겨졌습니다. 명예는 단순히 용맹함이나 충성심을 겉으로 드러내는 것뿐만 아니라 내면의 힘과 도덕적 강인함도 포함했습니다. 사무라이의 명예는 행동과 결정, 타인과의 상호작용에 반영되었으며, 어떤 상황에서도 품위와 존경을 유지하는 것이 중요하다는 것을 강조했습니다.

명예를 추구하기 위해서는 지속적인 개인적 성장과 자기계발이 필요했습니다. 사무라이들은 무술을 연마하는 것 외에도 문학, 시,

서예, 예술을 공부하며 평생 학습에 참여했습니다. 교육은 지식의 폭을 넓힐 뿐만 아니라 인성을 함양하여 명예와 명예가 삶을 형성하는 데 미치는 역할에 대한 깊은 이해를 키웠습니다.

명예는 전장에만 국한된 것이 아니라 평시든 전쟁 중이든 삶의 모든 측면에 스며들어 있었습니다. 평화로운 시기에는 사무라이들이 외교, 통치, 예술을 통해 명예를 지키며 화합과 정의, 문화적 세련미를 추구했습니다.

사무라이는 군주를 지키거나 국가를 위해 봉사하기 위해 자신의 목숨을 기꺼이 희생할 수 있어야 했습니다. 사무라이는 항상 품위 있고 정중하게 행동하고, 위험이나 역경에 직면했을 때 침착하고 평정심을 유지하며, 감정이나 나약함을 드러내지 않아야 했습니다. 사무라이는 삶의 모든 측면에서 이러한 자질을 구현해야 했습니다. 이제 우리는 그들이 내면의 명예를 성취하는 데 도움이 된 단순하지만 **훌륭한 수련법을** 살펴볼 것입니다.

IKEBANA

이케바나는 수세기 동안 행해져 온 일본의 꽃꽂이 예술입니다. 꽃꽂이는 자연에 대한 감사, 전통에 대한 존중, 꽃꽂이 예술을 통해 감사와 존경을 표현하는 명예를 구현하는 관습으로 볼 수 있습니다.

꽃꽂이는 꽃, 나뭇가지, 잎, 풀, 기타 식물 재료가 사용되는 절제된 형태의 예술로, 자연 그대로의 유기성을 유지해야 합니다. 꽃을 신중하게 선택하고 조화롭고 균형 잡힌 방식으로 배열하여 아름다운 구성을 만듭니다.

각 배치 뒤에 숨어 있는 작가의 의도는 작품의 색상 조합, 자연스러운 형태, 우아한 선, 그리고 배치에 내포된 의미를 통해 알 수 있습니다. 침묵, 미니멀리즘, 모양, 형태, 인간성, 미학 및 구조의 원칙을 강조합니다.

이케바나는 공간과 단순함을 사용하는 매혹적이고 아름다운 예술 형식이며, 이케바나를 만드는 사람들은 아름다움, 우아함, 균형감을 전달하는 어레인지먼트를 만들기 위해 노력합니다. 이케바나의 철학은 종종 자연과 교감하고 내면의 평화를 찾는 방법으로 여겨지기도 합니다.

미적 특성 외에도 이케바나는 치료 효과도 뛰어나다는 평가를 받고 있습니다. 꽃꽂이를 만드는 과정은 명상적이고 차분한 느낌을 주며, 마음 챙김과 이완을 촉진하는 것으로 알려져 있습니다.

사무라이의 꽃꽂이 연습

이케바나는 일본 에도시대에 사무라이가 익혀야 할 많은 기술 중 하나였습니다. 이케바나를 하는 사무라이들은 우아하고 세련된 꽃꽂이로 유명했는데, 이는 종종 사무라이의 내면의 평온함과 정신적 힘을 반영하는 것이었습니다. 이케바나는 고도의 집중력과 집중력을 필요로 하기 때문에 사무라이들이 정신수양을 하고 업무에 집중하는 데 도움이 됩니다.

또한 이케바나에는 어느 정도의 겸손과 전통에 대한 존중이 필요합니다. 이케바나를 하는 사람은 스승과 이케바나의 정립된 원칙을 배우면서 동시에 자신만의 창의성과 개성을 꽃꽂이에 반영해야 합니다. 이를 위해서는 전통을 존중하는 것과 혁신을 수용하는 것 사이의 균형이 필요합니다.

또한 꽃꽂이는 사무라이들이 꽃이라는 언어를 통해 서로 소통하는 수단으로도 사용되었습니다. 각각의 꽃과 식물에는 특정한 의미와 상징이 있으며, 이를 일정한 방식으로 배열함으로써 사무라이들은 서로에게 메시지와 감정을 전달할 수 있었습니다. 꽃꽂이는 자연과 환경을 존중하는 방법으로 볼 수 있습니다.

꽃꽂이를 하는 사람은 꽃꽂이 재료에 대한 깊은 존경심과 꽃과 식물의 자연적인 아름다움에 대한 진정한 감사를 가져야 합니다. 이케바나는 다양한 기법과 스타일을 사용하여 자신의 개성과 예술적 표현을 반영하는 꽃꽂이를 만듭니다.

꽃꽂이에서는 모든 꽃과 가지를 존중과 배려의 마음으로 대합니다. 꽃을 선택하고 배열하는 행위는 마음가짐과 정성을 다해 이루어지며, 이는 자연에 대한 존중과 명예의식을 보여줍니다.

이케바나는 자연에 대한 깊은 감사를 담고 있으며, 이를 예술에 활용하여 조화와 균형 감각을 만들어냅니다. 이케바나는 무사가 갖추어야 할 중요한 자질인 규율, 인내심, 세부 사항에 대한 주의력을 기르기 위한 방법으로 여겨졌습니다. 꽃꽂이는 꽃꽂이를 통해 명예를 수양하고 표현하는 방법으로 여겨집니다.

꽃꽂이는 매우 복잡하고 시간이 많이 걸리는 예술로 인내심과 끈기가 필요합니다. 사무라이들은 이케바나를 연습하면서 근면, 끈기, 헌신의 가치를 배웠습니다.

이케바나는 단순함, 미니멀리즘, 겸손한 삶의 태도를 강조합니다. 이러한 가치를 받아들임으로써 사무라이들은 무사도의 중요한 측면인 겸손하고 엄격한 생활 방식을 배웠습니다.

꽃꽂이는 수행자와 신을 연결하는 영적 수행으로 여겨집니다. 사무라이는 이러한 영적 연결을 수련함으로써 내면의 평화와 평온을 찾을 수 있었고, 이를 통해 평온하고 우아하게 삶의 도전에 직면할 수 있었습니다.

꽃꽂이는 또한 꽃꽂이를 통해 기념하고자 하는 사람이나 사건을 기리는 방법이 될 수 있습니다. 일본 문화에서 꽃은 종종 존경, 감사, 동정심을 표현하는 데 사용됩니다. 사람이나 행사를 기리기 위해 만든 꽃꽂이는 이러한 감정을 강력하고 의미 있는 방식으로 전달할 수 있습니다.

이케바나는 사무라이들이 규율, 존경, 겸손, 인내와 같은 중요한 가치를 함양하는 데 도움이 되었으며, 이는 무사도가 규정한 명예 규범을 따르는 데 필수적이었습니다.

꽃꽂이의 장점

일본의 전통 꽃꽂이 예술인 이케바나는 개인의 성장, 마음 챙김, 전반적인 웰빙에 기여하는 몇 가지 고유한 이점을 가지고 있습니다. 사무라이 코드에 따른 꽃꽂이 수련의 이점에 대해 알아보세요:

- 마음 챙김 기르기
- 창의력 키우기
- 인내와 인내
- 조화와 균형
- 자연과의 교감
- 절제력 배양
- 신중한 행동과 책임감
- 내면의 평화와 성취

선 마스터와 여행자

한 젊은 전사가 지혜를 구하기 위해 한 선사를 찾아왔습니다. 전사는 스승에게 "명예와 자기 명예의 차이점은 무엇입니까?"라고 물었습니다.

선사는 "명예는 다른 사람이 그대에게 부여하는 것이다. 그것은 당신의 행위와 업적을 인정하는 것이며, 그것은 당신 외부에서 오는 것입니다. 반면에 자기 명예는 내면에서 우러나오는 것입니다. 외부의 인정이나 보상과 관계없이 자신의 가치와 원칙에 따라 행동했다는 것을 아는 것입니다."

젊은 전사는 호기심이 발동하여 "어떻게 하면 자존감을 키울 수 있을까요?"라고 물었습니다.

스승은 "먼저 자신을 알아야 합니다. 자신의 가치관, 원칙, 신념을 이해해야 한다. 그런 다음 다른 사람의 의견이나 사회의 규범에 어긋나더라도 그것에 따라 행동해야 합니다. 정직하게 행동하면 내면에서 우러나오는 자기 명예를 느낄 수 있을 것입니다."

젊은 전사는 고개를 끄덕이며 "하지만 제가 실패하면 어떻게 하나요? 실수를 하면 어떻게 되나요?"

마스터는 "실수는 여행의 자연스러운 일부입니다. 중요한 것은 실수에 어떻게 대응하느냐입니다. 실수를 저질렀을 때는 그에 대한 책임을 지고 실수로부터 배우세요. 자신과 타인에게 정직하세요. 실패에도 불구하고 정직하게 행동할 때, 당신은 여전히 자기 명예를 느낄 수 있을 것입니다."

젊은 전사는 스승의 지혜에 감사를 표하고 여행을 계속하기 위해 떠났습니다. 그는 진정한 명예는 다른 사람이 부여하는 것이 아니라 내면에서 우러나오는 것임을 깨달은 것입니다.

또한 스승의 가르침을 받아들이지 않으려는 제자의 태도는 스승의 지혜와 경험에 대한 존경과 존중이 부족한 것으로 볼 수 있기 때문에 이 이야기는 명예라는 주제와도 맞닿아 있습니다. 선에서 명예는 규칙과 행동 규범을 따르는 것뿐만 아니라 더 큰 지식과 이해를 얻은 사람들에 대한 존경심과 경외심을 키우는 것을 의미합니다. 명예는 겉으로 드러나는 존경의 표시일 뿐만 아니라 배움과 성장에 대한 겸손하고 개방적인 태도를 기르는 것이기도 합니다.

선과 자기 명예

선의 가르침은 자아를 초월하는 것의 중요성과 분리된 자아에 대한 환상을 강조합니다. 자아 초월은 에고 중심의 욕망과 집착이 진실하고 진정성 있게 행동하는 능력을 방해할 수 있음을 인식하는 것을 포함합니다. 선 명상과 마음챙김을 수행함으로써 개인은 자아의 일시적인 본질을 더 깊이 이해하여 자아 중심의 동기를 버리고 보다 명예롭고 자비로운 존재 방식을 받아들일 수 있습니다.

선 철학은 겸손을 핵심 덕목으로 장려합니다. 자기 존중에는 우리 자신의 한계, 오류, 불완전함을 인정하는 것이 포함됩니다. 선 수행을 통해 개인은 자신이 서로 연결된 더 큰 존재의 그물망의 일부임을 인정함으로써 겸손을 기를 수 있습니다. 이러한 겸손은 타인에 대한 존중감, 다양한 관점에서 기꺼이 배우려는 의지, 개인의 성장과 변화에 대한 개방성을 키워줍니다.

선 철학은 자연을 지혜와 영감의 원천으로 인식하고 자연에 몰입하도록 장려합니다. 꽃꽂이에 참여하고 선(禪)을 받아들임으로써 개인은 자연과의 관계를 더욱 돈독히 하고 경외심, 경건함, 조화의 감각을 키울 수 있으며, 이는 결국 자기 존중과 모든 것에 대한 더 큰 감사를 키울 수 있습니다.

선 철학은 개인이 명상을 넘어 일상 생활로 마음챙김을 실천하여 삶의 모든 측면에서 의식적인 선택을 하고 자각을 가지고 행동하도록 장려합니다. 자기 존중은 개인이 자신의 행동에 주의를 기울여 자신의 가치에 부합하는지 확인하고 자신과 타인의 행복을 증진하도록 촉구합니다. 이러한 관행을 통합함으로써 개인은 깊은 마음챙김의 감각을 키우고 각 행동에 의도, 성실성, 명예를 불어넣을 수 있습니다.

현 세대를 위한 명예

현대 사회에서 개인이 직면하는 많은 도전과 압박을 고려할 때, 명예는 현 세대에서도 마찬가지로 중요합니다. 자신의 몸에 합당한 보살핌과 관심을 기울여 자신의 몸을 존중하세요.

경계를 설정하고 일과 개인 생활을 조화롭게 통합함으로써 균형의 원칙을 존중하세요. 자기 관리와 휴식을 위한 전용 시간을 예약하고 기쁨과 성취감을 주는 활동을 추구함으로써 건강의 우선순위를 정하세요.

종종 타협과 순응을 조장하는 세상에서 개인 생활과 직장 생활 모두에서 자신에게 진실하도록 노력하세요. 자신의 가치를 존중하고, 자신의 의견을 표명하며, 진정한 자아에 부합하는 선택을 하세요. 정직과 진정성을 기본 원칙으로 받아들입니다.

자신에게 기쁨과 성취감을 가져다주는 활동이나 취미를 찾아보세요. 생활 속에서 조금씩이라도 시간을 할애하세요. 창의적인 활동에 참여하든, 야외 활동을 하든, 사랑하는 사람들과 시간을 보내든, 행복과 목적 의식을 가져다주는 활동에 우선순위를 두세요.

스트레스, 과로, 불균형이 특징인 사회에서 시간과 에너지를 보호하기 위해 명확한 경계를 설정하세요. 자신의 한계를 효과적으로 전달하고 자기 관리와 개인적 안녕을 위한 공간을

스트레스가 많은 삶 대 풍요로운 삶

충성(추)

"충성심은 자신과 타인에 대한 진실에 대한 서약"
- *에이다 벨레즈*

자신에게 충실한가요?

- 핵심 가치와 신념은 무엇이며, 어떻게 자신에게 충실할 수 있나요?

- 자신의 필요와 욕구의 우선순위를 어떻게 정하나요?

- 인생의 목표는 무엇이며, 그 목표가 자신의 진정한 자아와 어떻게 일치하는가?

- 자신의 강점과 약점은 무엇이며, 이를 어떻게 활용하여 최고의 자신이 되나요?

- 인생에서 가장 큰 기쁨과 성취감을 주는 것은 무엇이며, 이를 위해 어떻게 시간을 내나요?

- 자신의 신념이나 가치관에 도전하는 상황에 어떻게 대처하나요?

- 내면의 목소리는 무엇을 말하며, 그 목소리가 자신의 진정한 자아와 일치하는지 어떻게 확인하나요?

- 비판이나 피드백을 어떻게 처리하고 그것이 여러분의 진정한 길에서 흔들리지 않도록 하나요?

- 주변에는 어떤 사람들이 있으며, 이들이 여러분의 자아에 어떤 영향을 미치나요?

- 실패나 좌절에 어떻게 대처하고 이를 배움의 기회로 활용하나요?

- 어떻게 결정을 내리고 그 결정이 자신의 가치와 목표에 부합하는지 확인하나요?

- 도전과 장애물에 어떻게 접근하고 긍정적인 태도를 유지하나요?

- 불편하거나 인기가 없을 때에도 자신의 신념과 가치에 충실할 수 있는 방법은 무엇인가요?

- 무엇이 여러분에게 동기를 부여하고 영감을 주며, 이러한 것들과 어떻게 연결성을 유지하나요?

- 자기 성찰과 성찰을 어떻게 실천하고 이를 통해 한 사람으로서 성장하고 발전하는 데 활용하나요?

- 자신에게 진실하면서 어떻게 건강한 관계를 구축하고 유지하나요?

충성도는 개인이 자신의 가치관, 신념, 경험에 따라 내리는 개인적인 선택입니다. 신뢰, 존중, 신뢰성, 호혜성 등의 요인에 의해 영향을 받을 수 있습니다. 우리는 상사, 조직, 가족, 친구에게 충성해야 합니다. 하지만 여러분은 자신에게 충실하셨나요? 이 바쁜 세상에서 우리는 자신에게 충실할 시간이 없습니다. 자기 충성심은 평생의 여정이며, 자신과의 관계를 돈독히 하는 데는 시간과 노력이 필요합니다. 사무라이들이 충성심을 어떻게 실천했는지, 그리고 그것이 두려움 없는 전사가 되는 데 어떻게 도움이 되었는지 알아봅시다.

충성(추)

사무라이의 윤리 강령은 사무라이가 가질 수 있는 최고의 덕목 중

하나로 충성심을 강조합니다. 무사도 강령에서 충성은 영주, 가족, 국가에 대한 지극히 개인적인 헌신으로 간주됩니다.

사무라이는 자기 희생을 감수할 정도로 주군에게 충성해야 하며, 흔들림 없는 헌신과 복종으로 주군을 섬길 것을 기대했습니다. 사무라이 규범에서 충성의 주요 측면 중 하나는 군주에 대한 충성이었습니다. 사무라이 전사들은 다이묘로 알려진 봉건 영주에게 변함없는 충성을 맹세했습니다. 이러한 충성심은 깊은 의무감과 명예심에 뿌리를 두고 있었으며, 사무라이는 영주를 섬기고 보호하는 데 기꺼이 목숨을 바쳤습니다.

군주에 대한 충성은 전장에서의 용맹한 행동, 흔들림 없는 복종, 이타적인 봉사를 통해 입증되었습니다. 이러한 깊은 충성심은 사무라이와 영주 사이에 강한 신뢰와 상호 존중의 유대를 형성하여 조화롭고 잘 작동하는 봉건 체제를 만들었습니다. 사무라이는 자신의 명예와 영주의 명예를 지키고 자신의 행동과 결정에 책임을 지는 방식으로 행동할 것을 약속받았습니다. 사무라이는 종종 영주에게 충성을 맹세하는 공식적인 선서를 했는데, 이는 그들의 헌신을 공개적으로 선언하는 역할을 했습니다. 이러한 맹세는 평생 구속력이 있는 것으로 간주되었으며, 이를 지키지 않는 것은 심각한 불명예로 여겨졌습니다.

사무라이 방식의 충성심

충성심은 사무라이의 윤리 강령인 무사도 강령의 중요한 측면이기도 했습니다. 충성심은 사무라이가 명예와 정절을 지키고 영주와 가문에 대한 의무를 다하는 데 필수적인 요소로 여겨졌습니다. 사무라이는 상황이나 결과에 관계없이 항상 개인의 가치와 신념에 따라 행동해야 합니다.

충성심을 실천하기 위해 사무라이는 강한 자제력과 자제력을 키우도록 권장받았습니다. 그들은 엄격한 행동 강령을 준수하고 항상 높은 수준의 행동을 유지해야 했습니다. 여기에는 다른 사람을 대할 때 정직하고 명예롭게 행동하고, 강력한 직업 윤리를 유지하며, 대의를 위해 기꺼이 개인적 희생을 감수하는 것이 포함되었습니다.

사무라이 강령의 충성심은 가족에게도 적용되었습니다. 사무라이는 부모, 형제자매, 대가족에게 헌신적이고 충성스러워야 했습니다. 그들은 가족에 대한 효도, 존중, 지원의 원칙을 지켰습니다. 가족에 대한 충성은 개인적인 명예의 문제일 뿐만 아니라 가문의 혈통을 이어가고 조상의 전통과 가치를 보존하기 위한 것이기도 했습니다. 가족을 보호하고 부양하겠다는 사무라이의 약속은 확고했으며, 가족의 명예를 자신의 명예와 결부시켜 생각했습니다.

사무라이 강령에서 충성의 또 다른 측면은 전우와 동료 전사에 대한 충성이었습니다. 사무라이 전사들은 전장에서의 경험 공유와 명예와 의무에 대한 공통의 헌신을 통해 동료 병사들과 긴밀한 유대감을 형성했습니다. 전우에 대한 충성심은 역경이 닥쳤을 때 전우 곁을 지키고, 지원과 보호를 제공하며, 전장 안팎에서 변함없는 충성심을 보여주는 것을 의미했습니다. 이러한 전우애와 상호 신뢰는 군사 작전의 성공과 사무라이 계급의 전반적인 결속력에 결정적인 역할을 했습니다.

또한 사무라이들은 강한 자의식과 성찰을 배양하도록 장려되었습니다. 그들은 자신의 행동과 동기를 반성하고 육체적, 정신적으로 자신을 향상시키기 위해 끊임없이 노력해야 했습니다.

사무라이는 자신의 목적의식과 가치관에 맹렬히 충성했습니다. 그들은 열정과 헌신으로 목표를 추구하고 역경 속에서도 자신의 성실성과 명예를 지키도록 격려받았습니다.

자신과 자신의 가치에 충실함으로써 사무라이들은 목적과 의미가 있는 삶을 살 수 있었고 명예, 의무, 자기 희생의 원칙을 지키며 그들의 삶의 방식에 중심이 되는 원칙을 지킬 수 있었습니다.

쇼신이 사무라이를 도운 방법

선 철학은 또한 자기 자신에 대한 충성심 또는 충성심을 매우 강조합니다. 선에서는 이를 흔히 '쇼신' 또는 '초심자 마음'이라고 하는데, 이는 선입견과 편견을 버리고 개방적이고 비판적인 태도로 상황에 접근하는 것을 의미합니다.

선에서 말하는 자기충실의 개념은 타인의 기대나 의견에 따르기보다는 자신과 자신의 가치에 충실하는 것을 포함합니다. 즉, 자신의 생각과 행동에 책임을 지고 외부의 압력이나 영향보다는 자신의 내적 지침과 직관에 따라 선택하는 것을 의미합니다.

쇼신은 과거의 경험이나 선입견의 한계에서 벗어나 새로운 시각과 열린 마음으로 각 상황에 접근할 수 있도록 도와주었습니다. 쇼신을 수련한 사무라이들은 전투가 어떻게 전개될지에 대한 가정이나 기대 없이 모든 전투에 첫 전투인 것처럼 접근했습니다. 이를 통해 집중력과 경계심을 유지하고 변화하는 상황에 신속하게 대응할 수 있었습니다. 또한 실수나 패배로 이어질 수 있는 자만이나 과신을 피하는 데도 도움이 되었습니다.

쇼신은 사무라이들이 끊임없이 기술을 배우고 향상시킬 수 있도록 도왔습니다. 초심자의 마음을 유지함으로써 그들은 항상 새로운 기술, 아이디어, 전투 방식에 대해 열린 자세로 임했습니다. 그들은 과거의 훈련이나 승리에 얽매이지 않고 항상 발전할 수 있는 방법을 모색했습니다. 이제 사무라이들이 자신에게 충성하는 데 도움이 되는 간단한 기술을 어떻게 따랐는지 살펴봅시다.

바위 정원

가레산스이 또는 '건경' 정원이라고도 하는 암석 정원은 14세기 일본에서 시작되었으며 바위, 자갈, 모래를 사용하여 산이나 폭포와 같은 자연 경관을 표현하기 위해 설계되었습니다.

암석 정원은 바위, 돌, 바위를 주요 디자인 요소로 사용하는 정원의 한 유형입니다. 이러한 정원에는 바위나 건조한 환경에서 자라기에 적합한 다육식물, 선인장, 고산 식물 등 다양한 식물을 심는 경우가 많습니다. 일본 정원을 만드는 데 사용되는 세 가지 필수 요소는 경관의 구조를 형성하는 돌, 생명을 주는 힘을 상징하는 물, 사계절 내내 색과 변화를 제공하는 식물입니다.

바위 정원은 단순하고 미니멀한 디자인부터 구불구불한 길, 수경

시설, 휴식 공간이 있는 보다 정교한 다단계 정원까지 다양한 스타일로 만들 수 있습니다. 다양한 종류와 크기의 바위를 사용하고 식물을 배치하면 시각적으로 눈에 띄는 독특한 정원 공간을 만들 수 있습니다.

암석 정원은 물이 바위를 통과하여 아래 토양으로 흘러 들어가도록 설계할 수 있기 때문에 토양이 열악하거나 배수가 문제가 되는 지역에서 자주 사용됩니다. 또한 비교적 작은 공간에 맞게 설계할 수 있기 때문에 도시의 작은 마당이나 옥상 정원과 같이 공간이 제한된 지역에서도 인기가 높습니다.

사쿠테이키

'정원 만들기 기록'으로도 알려진 사쿠테이키는 11 세기에 만들어진 일본 정원 디자인 매뉴얼입니다. 유명한 암석 정원을 포함한 다양한 스타일의 정원을 만들기 위한 자세한 지침과 원칙을 제공합니다.

사쿠테이키는 암석 정원 설계에 대한 구체적인 지침을 제공합니다. 예를 들어, 일본 문화에서는 홀수가 미학적으로 더 아름답다고 여겨지므로 짝수보다는 홀수의 바위를 사용할 것을 제안합니다. 또한 너무 인위적으로 보일 수 있는 패턴이나 대칭을 피하고 자연스러운 방식으로 바위를 배치할 것을 권장합니다.

이 매뉴얼은 또한 암석 정원에 적합한 암석을 선택하는 것의 중요성을 강조합니다. 흥미로운 모양과 질감을 가진 암석을 선택하고 자연적으로 풍화 작용을 받은 것처럼 보이도록 배치할 것을 제안합니다.

사쿠테이키는 정원 디자인에 관심이 있는 사무라이들에게 귀중한 자료였습니다. 특히 사무라이들 사이에서 인기가 높았던 암석 정원을 비롯한 다양한 스타일의 정원을 만들기 위한 자세한 지침과 원리를 제공했습니다.

사쿠테이키의 말처럼:

산은 지탱할 돌이 없으면 약합니다. 산이 약하면 물에 의해 파괴되기도 한다. 황제는 참모가 없으면 약하다. 다시 말해 신하가 황제를 공격하는 것과 같습니다. 그래서 산이 안전한 것은 돌이 있기 때문이고, 황제가 안전한 것은 신하가 있기 때문이라고 하는 것입니다. 이런 이유로 산수를 조성할 때는 반드시 산 주변에 돌을 배치해야 합니다.

바위 정원은 휴식과 사색, 명상을 촉진하기 위해 설계되었습니다. 바위 정원은 내면의 평화와 평온을 증진하는 수단으로 자주 사용되었는데, 이는 사무라이의 정신적 발전에 필수적인 요소로 여겨졌습니다. 이 조각상들은 종종 사무라이의 저택이나 사원 경내에서 발견되곤 했는데, 이는 사무라이의 군주에 대한 충성심과 국가에 대한 헌신의 중요한 상징이었습니다.

사무라이와 그들의 바위 정원

바위 정원은 자연의 본질을 포착하고 사색을 촉진하기 위해 설계되었습니다. 바위 정원을 만들고 관리하는 것은 사무라이 전사들이 이러한 가치를 표현하고 자연을 일상 생활에 통합할 수 있는 한 가지 방법이었습니다.

사무라이들은 바위 정원을 무사도 수련에 필수적인 고요함과 내면의 평화를 키우는 수단으로 여겼습니다. 바위 정원을 만들고 유지하는 데 필요한 규율과 집중력은 전장과 일상 생활에서 성공하는 데 필요하기 때문에 사무라이 전사가 갖추어야 할 귀중한 자질로 여겨졌습니다.

바위 정원에 바위와 모래와 같은 자연 요소를 사용하는 것은 인생의 무상함과 자연과 조화롭게 사는 것의 중요성을 일깨워주는 것으로 여겨졌습니다. 암석 정원을 만들고 유지하는 데는 시간과 노력이 필요하며, 이 과정을 통해 주인의식과 책임감을 키울 수 있습니다. 그 결과, 암석 정원을 가진 사람들은 자신과 자신이 투입한 노력에 대해 더욱 충성심을 느낄 수 있습니다.

암석 정원은 종종 단순하고 미니멀하게 디자인되어 개인이 정원 내의 자연 요소와 패턴에 집중하고 일관되고 조화로운 배열로 자연의 아름다움과 단순함을 반영할 수 있도록 합니다. 이러한 일관성은 자신의 가치와 신념에 충실하고 충성심을 유지하는 것의 중요성을 나타낼 수 있습니다.

암석 정원은 자기 성찰과 성찰을 위한 공간을 제공합니다. 이러한 성찰의 과정은 개인이 자신과 자신의 가치와 신념에 대해 더 깊이 이해하도록 도와주며, 궁극적으로 이러한 가치에 대한 충성심을 높일 수 있습니다.

사무라이들은 바위 정원을 명상의 수단으로 사용합니다. 바위와 모래 무늬에 집중함으로써 마음을 맑게 하고 자기 인식과 현재의 순간에 대한 더 깊은 연결감을 키울 수 있습니다. 암석 정원은 평화롭고 차분한 환경을 제공하여 사무라이들이 긴 하루의 전투나 훈련을 마치고 마음을 비우고 휴식을 취할 수 있게 해줍니다.

바위 정원은 평화롭고 차분한 환경을 제공하여 스트레스와 불안을 줄이는 데 도움이 될 수 있습니다. 개인이 더 편안하고 안정감을 느끼면 자신의 필요와 복지를 우선시하는 경향이 높아져 궁극적으로 충성도가 높아질 수 있습니다.

락 가든의 장점

선 가든 또는 일본식 암석원이라고도 하는 암석원을 만들고 가꾸는 관행을 따르면 충성심을 키울 수 있는 여러 가지 이점이 있습니다. 암석원 가꾸기의 몇 가지 장점과 충성심을 키울 수 있는

방법을 소개합니다:

- 마음챙김과 내면의 평화 기르기

- 인내심과 인내심 키우기
- 단순함과 미니멀리즘을 포용하기
- 디테일에 대한 관심 장려
- 자연과의 교감 증진
- 성찰과 사색 장려하기
- 정서적 웰빙 증진
- 창의력과 표현력 증진
- 유산에 대한 감각 키우기

충성심과 자기 충성심에 관한 선 마스터

한 스승과 제자가 산속을 걷고 있었습니다. 제자가 스승에게 "인생에서 가장 중요한 것이 무엇입니까?"라고 물었습니다.

스승은 "충성심"이라고 대답했습니다.

제자는 깜짝 놀라 "충성이란 무슨 뜻입니까?"라고 물었습니다.

스승은 "자기 충성이란 자신에게 진실한 것을 의미합니다. 그것은 자신의 본성과 내면의 목소리에 충실하는 것을 의미합니다. 그것은 군중이나 다른 사람들의 의견에 반하는 것을 의미하더라도 자신을 배신하지 않는 것을 의미합니다. 자기 충성은 자신의 길을 따르고, 자신의 가치에 충실하며, 진정성과 성실함으로 삶을 살아갈 수 있는 용기를 갖는 것을 의미합니다."

제자는 잠시 생각하다가 "하지만 그건 이기적이지

않습니까?"라고 말했습니다.

스승은 미소를 지으며 "아니, 이기적이지 않다. 네가 네 자신에게 진실하면 다른 사람에게도 진실한 것이다. 진정성과 진실성을 가지고 살면 다른 사람들도 그렇게 하도록 영감을 줍니다. 여러분이 자신의 길을 따를 때, 여러분은 다른 사람들이 따를 수 있는 빛의 등대가 됩니다. 자기 충성심은 자신의 행복과 성취를 위해서도 중요하지만, 주변 사람들에게도 도움이 됩니다."

제자는 고개를 끄덕이며 "이제 알겠습니다. 감사합니다, 스승님."

이 이야기는 모든 개인이 자신에게 충실해야 한다는 교훈을 줍니다. 이 이야기는 개인이 어떤 상황에서도 자신과 자신의 가치에 대한 충성심을 키우는 데 도움이 됩니다.

선과 자기 충성

선 철학은 개인에게 외부의 결과, 의견, 사회적 기대에 대한 집착을 버리라고 가르칩니다. 타인으로부터의 검증 욕구에서 벗어나 자신의 내재적 가치를 수용함으로써 개인은 자기 충성심을 키울 수 있습니다. 외부의 영향에서 벗어나면 개인은 승인을 구하거나 사회적 규범에 따르기보다 자신의 욕구와 가치를 진정으로 반영하는 선택을 할 수 있습니다.

선 철학은 지속적인 개인적 성장과 변화를 장려합니다. "초심자의 마음"이라는 개념을 받아들임으로써

- 호기심과 개방성, 배우려는 의지로 모든 경험에 접근함으로써 개인은 성장과 확장을 위한 기회를 적극적으로 모색하여

자기애를 키울 수 있습니다. 개인적 성장에 대한 이러한 노력은 자신의 잠재력에 대한 충성심과 최고의 자신이 되기 위한 추구를 보여줍니다.

선 철학은 진정성과 진실성을 지닌 삶을 강조합니다. 생각, 말, 행동을 일치시킴으로써 개인은 자신의 가치와 신념에 충실함으로써 자기 충성심을 키울 수 있습니다. 이러한 진정성과 성실성은 개인이 자신과 일치하는 삶을 살고 진정한 자아에 부합하는 선택을 할 수 있게 해주며, 자신의 원칙에 대한 깊은 충성심을 키워줍니다.

현 세대를 위한 충성도

충성심의 가치는 신뢰를 증진하고, 관계를 구축하며, 타인에 대한 목적의식과 책임감을 형성함으로써 현 세대에 도움이 될 수 있습니다. 세상은 진화하고 상황은 달라졌지만, 충성심이라는 원칙은 현 세대에도 여전히 중요한 의미를 지니고 있습니다.

충성심은 모든 건강한 관계의 필수 요소입니다. 연인 관계든, 우정이든, 직업적 파트너십이든, 상대방에 대한 충성심은 신뢰를 형성하고 두 사람 사이의 유대감을 강화할 수 있습니다. 충성심을 보여줌으로써 좋은 일이 있을 때나 나쁜 일이 있을 때나 상대방을 지원하겠다는 의지와 헌신을 보여줄 수 있습니다.

고용주에게 충성하면 좋은 평판을 쌓고 긍정적인 업무 환경을 조성하는 데 도움이 될 수 있습니다. 고용주는 정시에 출근하고, 신뢰할 수 있으며, 조직의 목표를 달성하기 위해 열심히 일하는 등 충성심을 보이는 직원을 높이 평가합니다. 충성심을 보임으로써 동료 및 상사와 신뢰감을 쌓을 수 있으며, 이는 더 큰 경력 발전의 기회로 이어질 수 있습니다.

대의에 대한 충성심을 보여주면 세상에 긍정적인 영향을 미칠 수 있습니다. 자선단체를 지원하든, 지역사회에서 자원봉사를 하든, 정치적 대의를 옹호하든, 대의에 충실하면 목적의식과 성취감을 얻을 수 있습니다. 대의에 헌신함으로써 변화를 일으키고 다른 사람들도 같은 행동을 하도록 영감을 줄 수 있습니다.

사무라이는 사명감과 원칙을 중요하게 여겼습니다. 그들은 도덕적 규범에 충실했고, 자신의 신념을 위해 기꺼이 맞섰습니다. 현 세대에서도 동일한 원칙을 적용하여 자신의 가치와 신념에 충실할 수 있습니다. 원칙에 충실함으로써 우리는 존경을 받고 다른 사람들의 롤모델이 될 수 있습니다.

사무라이는 팀에 대한 충성심을 매우 강조했습니다. 그들은 전투에서 함께 일하고 서로를 지원하도록 훈련받았습니다. 현 세대의 우리는 동료, 가족, 친구 등 팀에 동일한 원칙을 적용할 수 있습니다. 팀에 충성함으로써 신뢰를 쌓고 협업을 촉진하며 함께 목표를 달성할 수 있습니다.

사무라이는 군주에 대한 충성심으로 유명했습니다. 현 세대에 우리는 고용주에게 동일한 원칙을 적용할 수 있습니다. 고용주에게 충성함으로써 우리는 조직과 그 목표에 대한 우리의 헌신을 보여줄 수 있습니다. 이는 경력 발전의 더 큰 기회와 업무에 대한 성취감으로 이어질 수 있습니다.

사무라이의 충성심은 현 세대에게 귀중한 교훈이 될 수 있습니다. 우리의 가치, 팀, 고용주, 커뮤니티에 충실함으로써 우리는 신뢰를

자기 통제(지세이)

"통제 불능의 세상에는 자제력이 필요합니다"
- *제임스 C. 콜린스*

어떤 상황에서도 자신을 통제할 수 있나요?

- 자제력을 어떻게 습관화하거나 일상의 일부로 만들 수 있나요?
- 자제력을 유지하는 데 어려움을 겪고 있을 때 어떻게 알아차리나요?
- 자제력을 유지하기 위해 스트레스와 불안을 어떻게 관리하나요?
- 자제력을 유지하기 위한 노력에 마음챙김이나 명상이 어떤 역할을 하나요?
- 자제력을 발휘한 자신을 어떻게 축하하고 보상하나요?
- 자제력을 유지하기 위해 감정을 어떻게 관리하나요?
- 시간이 지나도 자제력을 발휘하기 위한 동기를 어떻게 유지하나요?
- 자제력 연습이 여러분의 삶에 어떤 긍정적인 영향을 미쳤나요?
- 자제력을 발휘하기 위한 노력에 대해 스스로에게 책임을 지는 방법은 무엇인가요?
- 자제력을 발휘하고자 하는 삶의 여러 영역에서 우선순위를 어떻게 정하나요?

- 특히 어려울 때 자제력을 발휘하기 위해 어떻게 동기를 유지하나요?
- 시간이 지나도 추진력을 유지하고 자제력을 계속 향상시키려면 어떻게 해야 하나요?

자제력은 우리 자신의 충동, 감정, 행동을 관리하기 위해 따라야 하는 습관입니다. 자제력에는 다양한 상황에 대응하고, 단기적인 유혹에 저항하며, 몸과 마음을 주의 깊게 관리하여 장기적인 목표의 우선순위를 정하는 방법에 대한 의식적인 결정이 포함됩니다. 자제력은 선택과 집중이 필요한 특성이 아니며, 개인마다 삶의 특정 영역에서는 자제력을 발휘하는 데 어려움을 겪으면서도 다른 영역에서는 고도로 절제하는 데 어려움을 겪을 수 있습니다. 시간이 지남에 따라 자제력을 유지하고 향상시키기 위해서는 지속적인 연습과 헌신, 자기 인식이 필요합니다. 사무라이들이 어려운 상황에서 어떻게 자제력을 발휘했는지 알아봅시다.

자기 통제(지세이)

봉건 시대 일본의 사무라이를 규율하는 윤리 체계인 무사도 강령에서 자제력은 매우 중요한 의미를 가졌습니다. 자제력은 사무라이가 자신의 감정을 다스리는 능력의 초석이 되었습니다. 자제력은 기본 덕목으로 간주되어 사무라이의 인격과 행동, 탁월함을 추구하는 데 중심적인 역할을 했습니다.

무사도 규범에서 자제력은 내면의 힘과 규율, 도덕적 무결성을 함양하는 것을 의미했습니다. 자제력은 사무라이가 자신의 감정,

행동, 욕구를 통제하여 명예롭게 행동하고 현명한 결정을 내리며 규범의 이상을 구현할 수 있게 해 주었습니다. 자제력은 사무라이의 개인적 성장, 도덕적 탁월성, 전사와 사회 구성원으로서의 의무 완수를 향한 길을 안내하는 기본 덕목이었습니다.

사무라이 방식의 자제력

사무라이 문화는 전사가 의무와 명예를 지키기 위해 필수적인 것으로 여겨지는 자제력을 매우 강조합니다. 사무라이에게 자제력이란 모든 상황에서 자신의 감정과 충동을 조절할 수 있는 능력을 의미합니다. 여기에는 위험이나 역경에 직면했을 때 침착하고 평정심을 유지하는 것뿐만 아니라 대인 관계에서 충동이나 감정에 따라 행동하지 않는 것도 포함됩니다. 자제력은 전사가 혼란 속에서도 이성적인 판단을 내리고 규율을 유지할 수 있게 해주기 때문에 전투에서 매우 중요한 요소로 간주됩니다.

사무라이는 자신의 행동과 욕구를 통제하고 절제력을 발휘하며 과도한 방종을 피해야 했습니다. 이러한 규율은 개인적 행동, 사회적 상호작용, 물질적 소비 등 삶의 다양한 측면으로 확장되었습니다. 자제력을 발휘함으로써 사무라이는 균형 감각을 유지하고 과욕을 피하며 개인적인 만족보다 의무와 의무를 우선시했습니다.

자제력을 통해 공격성과 무술 실력을 책임감 있게 발휘하도록 배웠습니다. 무사들은 자신의 기술을 신중하게 사용하고 자신과 영주 또는 공동체를 보호하기 위해 필요한 경우에만 폭력을 사용해야 했습니다. 사무라이는 자제력을 통해 공격성을 절제하고, 자신의 행동을 통제하며, 개인적인 복수나 무모한 힘의 과시가 아닌 정당한 목적을 위해 무술 기술을 사용하도록 배웠습니다. 사무라이 전사가 어떤 상황에서도 스스로를 통제할 수 있는 방법을 알아보세요.

캘리그라피

캘리그라피는 손으로 아름답고 화려한 글씨를 만드는 예술 형식입니다. 캘리그라피는 글과 그림의 요소를 결합하여 미적인 형태의 글과 시각적 표현을 만들어내는 시각적이고 복잡한 예술입니다.

캘리그라피는 붓, 펜, 손가락 등 다양한 도구를 사용하여 만들 수 있으며 종이, 비단, 나무 등 다양한 표면에서 할 수 있습니다. 캘리그라피에는 고유한 알파벳, 기호 및 예술적 기법이 특징인 고유한 스타일의 캘리그라피가 있습니다.

캘리그라피는 초대장을 만들거나, 증명서를 작성하거나, 종교적인 문구를 새기는 등 공식적인 목적이나 의례적인 용도로 사용되는 경우가 많습니다. 그러나 캘리그래피는 서면 커뮤니케이션에 아름다움과 개성을 더하는 방법으로 창의적인 표현에 사용될 수도 있습니다.

쇼도

일본어로 '쇼도'라고도 하는 서예 명상은 서예 예술과 명상의 원리를 결합한 수련법입니다. 내면의 평화, 자기 표현, 개인적 성장, 마음챙김, 영적 발달을 달성하기 위해 서예를 강력한 도구로 사용하는 것입니다. 캘리그라피 명상에서는 손으로 아름다운 글씨를 만드는 행위가 명상의 한 형태로 사용됩니다.

서예 명상을 하는 사람은 손의 움직임, 잉크의 흐름, 문자나 기호의 생성에 집중하여 그 순간에 온전히 존재할 수 있도록 합니다. 붓의 획은 물 흐르듯 자연스러운 리듬을 만들기 위해 세심하게 제작되며, 최종 작품은 우아함과 단순함을 기준으로 평가됩니다.

서예 명상은 깊은 집중력과 집중력, 수련이 필요하기 때문에 종종 선불교와 관련이 있습니다. 서예 수행자는 서예 행위에 집중함으로써 내면의 평온함과 고요함을 함양하여 더 큰 인식과 통찰력을 얻을 수 있습니다.

캘리그라피는 이완과 스트레스 해소를 촉진하는 명상 상태를 만들 수 있습니다. 이는 불안감이나 충동성을 감소시켜 자제력을 키우는 데 도움이 될 수 있습니다. 캘리그라피 명상은 혼자서 또는 그룹으로 연습할 수 있으며, 선원이나 캘리그라피 학교와 같은 전통적인 환경에서 가르치는 경우가 많습니다.

쇼도에 이어 사무라이

서예는 수양과 집중력, 아름다움에 대한 감상을 길러준다고 믿었던 사무라이들 사이에서 귀중한 예술 형식이자 기술이었습니다. 서예는 종종 명상과 자기 계발의 한 형태로 수행되었습니다.

서예를 연습하기 위해 사무라이는 먼저 붓, 잉크, 종이, 벼루 등의 재료를 준비했습니다. 그런 다음 조용하고 한적한 공간에 마련된 책상이나 탁자에 앉아 글자를 쓰는 연습을 시작했습니다. 붓질은 정확하고 유려하며 리듬감 있게 이루어졌고, 사무라이들은 작품에 조화와 균형감을 전달하기 위해 노력했습니다.

서예는 단순히 아름다운 문자를 만드는 것뿐만 아니라 자신의 인격과 내면을 수양하는 수단으로 여겨졌습니다. 사무라이들은 서예를 연습함으로써 집중력, 인내심, 세심한 주의력을 키울 수 있었습니다. 글자를 쓰는 행위는 고도의 집중력과 통제력을 필요로 하기 때문에 사무라이의 정신과 의지력을 강화하는 데 도움이 되었습니다.

캘리그래피는 단순함, 우아함, 힘을 강조합니다. 일반적으로 대담하고 자신감 있는 획으로 글자를 써서 힘과 위엄을 전달합니다.

사무라이들은 자기 계발의 수단으로 서예를 연습하는 것 외에도 자신의 생각과 감정을 표현하는 방법으로도 서예를 사용했습니다. 그들은 종종 시와 산문을 썼는데, 서예를 사용하여 단어의 아름다움과 복잡성을 전달했습니다. 또한 서예는 칼과 기타 물건에 비문을 새기는 데도 사용되어 이러한 기능적인 물건에 우아함과 세련미를 더했습니다.

서예는 사무라이 문화의 중요한 부분으로, 예술의 한 형태인 동시에 내면을 표현하고 성찰할 수 있는 기회를 제공했습니다. 서예 연습을 통해 사무라이들은 아름다움, 정확성, 조화에 대한 깊은 이해를 키울 수 있었고, 이를 삶의 모든 영역에 적용할 수 있었습니다.

쇼도의 장점

서예는 집중력, 인내심, 세세한 부분까지 신경 써야 하기 때문에 자제력을 기르는 데 강력한 도구가 될 수 있으며, 이 모든 것이 자제력을 키우고 균형 잡힌 삶을 사는 데 기여할 수 있습니다. 사무라이의 서예가 자제력을 키우는 데 어떻게 도움이 되는지 몇 가지 방법을 알아보세요:

- 자기 인식에 도움
- 마음 챙김을 촉진합니다
- 인내심을 길러줍니다

- 　　　절제력 향상
- 　　　자기 표현력 증진
- 　　　손과 눈의 협응력 향상

단색 수묵화

스미에 또는 스이보쿠가라고도 알려진 단색 수묵화는 일본을 비롯한 동아시아 전통 문화에서 인기 있는 예술적 표현 방식이었습니다. 이 그림은 일반적으로 그을음이나 숯에서 추출한 검은 잉크를 사용하여 제작되었으며, 단순하고 미니멀하며 복잡한 디테일보다는 대상의 본질을 포착하는 데 중점을 두는 것이 특징입니다.

작가는 압력, 속도, 획의 굵기 등 다양한 붓 기법을 조합하여 다양한 효과를 만들어내고 대상의 본질을 포착합니다. 일반적으로 그을음에 접착제나 물을 섞어 만든 잉크를 다양한 희석 비율로 사용하여 다양한 회색 또는 검은색 음영을 구현합니다.

단색 수묵화는 종종 네거티브 스페이스를 사용하는데, 여기에는 칠하지 않은 부분이 칠한 부분만큼이나 중요합니다. 먹과 여백의 균형은 조화로운 구도를 만드는 데 매우 중요합니다. 의도적으로 여백을 사용하면 작품에 리듬감, 흐름, 역동적인 긴장감을 불어넣을 수 있습니다.

단색 수묵화와 사무라이의 만남

절제되고 관조적인 생활 방식을 가진 사무라이들은 단색 수묵화의 철학과 미학에 공감을 느꼈습니다. 단색 수묵화의 단순함과 선(禪)과 같은 특성은 자신의 삶에서 비슷한 존재감과 인식력을 기르고자 했던 사무라이들에게 매력적으로 다가왔습니다.

단색 수묵화는 풍경, 꽃, 새, 동물 등 자연의 소재를 소재로 하는 경우가 많았습니다. 훈련과 야외 활동을 통해 자연과 밀접한 관계를 맺었던 사무라이들은 그림 속 자연이 조화롭게 묘사된 것을 높이 평가했습니다. 그들은 예술가들이 동물의 정신과 에너지 또는 자연 경관의 고요함과 장엄함을 포착하는 방식에서 영감을 얻었습니다.

사무라이는 생활 방식뿐만 아니라 예술에서도 미니멀리즘을 받아들였습니다. 간결하고 미니멀한 구성의 단색 수묵화는 단순함과 절제미를 선호하는 사무라이의 취향과 잘 맞아떨어졌습니다. 그들은 붓질의 경제성과 잘 배치된 몇 개의 선으로 심오한 의미를 전달할 수 있는 능력에서 아름다움을 발견했습니다.

개인적인 성장과 자기 통달을 추구하기 위해 평생을 바친 사무라이들은 이 예술 형식과 관련된 예술적 과정에 공감을 느꼈습니다. 그들은 탁월함을 성취하기 위한 헌신, 연습, 집중된 정신의 중요성을 이해했으며, 이러한 자질은 사무라이 훈련에도 필수적인 요소였습니다.

단색 수묵화의 장점

봉건 시대 일본의 사무라이들이 수행했던 단색 수묵화는 그들의 생활 방식에 부합하고 훈련, 사고방식, 자제력 발달에 도움이 되는 여러 가지 이점을 제공했습니다. 사무라이들이 즐겨 그렸던 단색 수묵화의 몇 가지 장점을 소개합니다:

- 집중력과 절제력 배양
- 내면의 세계 표현
- 관찰력 향상
- 마음챙김과 존재감
- 인내와 인내
- 규율과 집중

- 성찰과 자기 인식

선 마스터와 자제력

작은 마을에 한 선사가 살고 있었습니다. 어느 날 한 젊은이가 선사를 찾아와 선의 도를 가르쳐 달라고 부탁했습니다. 선사는 흔쾌히 승낙하고 그 청년을 문하로 들였습니다.

선사가 청년에게 처음 가르친 것은 자제력에 관한 것이었습니다. 선사는 청년을 근처 강가로 데리고 가서 "여기 서서 물이 흐르는 것을 지켜봐라. 내가 말하기 전까지는 이 자리에서 움직이지 마라."라고 말했습니다.

청년은 몇 시간 동안 그곳에 서서 흐르는 물을 바라보았습니다. 목이 마르고 배가 고팠지만 그는 움직이지 않았습니다. 그는 물고기가 헤엄쳐 지나가고 나뭇잎이 물에 떨어지고 곤충이 수면에 착지하는 것을 보았습니다. 해가 뜨고 지는 것과 밤에 달이 뜨는 것도 보았습니다.

마침내 선사는 돌아와서 청년에게 어떻게 지냈느냐고 물었습니다. 청년은 "자제력을 배웠습니다. 몸과 마음을 다스릴 수 있고, 인내심을 가지고 고난을 견딜 수 있다는 것을 배웠습니다."라고 대답했습니다.

선사는 미소를 지으며 "좋아. 이제 다음 수업을 들을 준비가 되었구나."라고 말했습니다. 그리고 청년은 선사와 함께 공부를 계속하며 날이 갈수록 선과 자제력에 대해 더 많이 배웠습니다.

이 이야기는 자제력이 어려운 상황에서 중요한 요소라는 것을 알려줍니다. 몸과 마음을 다스리는 법을 배움으로써 우리는 인내심과 절제력을 키우고 고난을 견뎌낼 수 있습니다. 그리고 이러한 자질을 통해 우리는 목표를 달성하고 인생에서 더 큰 평화와 행복을 찾을 수 있습니다.

선과 자제력

마음챙김과 자기 인식의 수련은 삶의 어려움 속에서도 의식적인 선택을 하고 내면의 균형을 유지할 수 있도록 도와주므로, 선 수행은 자제력을 키우는 데 도움이 될 수 있습니다.

선 수행자는 매 순간 온전히 현재에 집중하고 판단 없이 자신의 생각과 감정을 관찰하는 법을 배웁니다. 마찬가지로 자제력에는 자신의 충동과 욕구를 인식하고 충동적으로 반응하는 대신 의식적으로 반응을 선택할 수 있도록 하는 것이 포함됩니다.

선 수행자는 자신의 생각, 감정, 감각적 경험에 휩쓸리지 않고 관찰할 수 있도록 마음을 훈련합니다. 이렇게 높아진 인식 상태는 충동적 또는 무의식적으로 반응하기 전에 인식하고 멈춤으로써 자제력을 발휘할 수 있게 해줍니다.

그림을 그리거나 글을 쓰는 행위에 온전히 집중함으로써 수련생은 자제력의 기본 요소인 마음챙김을 기를 수 있습니다. 이러한 수행을 통해 길러진 자각과 집중력은 일상 생활로 이어져 개인이 자신의 생각과 행동을 더 잘 통제할 수 있게 해줍니다.

현 세대를 위한 자제력

무사도가 지지하는 자제력의 원칙은 오늘날에도 여전히 가치가 있습니다. 다음은 무사도가 강조하는 자제력이 현 세대의 사람들에게 도움이 될 수 있는 몇 가지 방법입니다:

자제력은 개인이 규칙적인 운동, 건강한 식습관, 충분한 수면과 같은 건강 루틴을 따르는 데 도움이 됩니다. 자신의 신체적 건강과 웰빙을 돌봄으로써 개인은 더 큰 회복력과 힘을 기르고 스트레스와 기타 삶의 어려움을 더 잘 관리할 수 있습니다.

자제력은 마음챙김과 명상을 실천하는 데 도움이 되며, 이는 자기 인식과 집중력을 키우고 스트레스와 불안을 줄이는 데 도움이 될 수 있습니다. 판단 없이 자신의 생각과 감정을 관찰하는 법을 배움으로써 내면의 평온함과 명료함을 키우고 일상 생활에서 보다 합리적이고 효과적인 결정을 내릴 수 있습니다.

자제력은 선택지를 신중하게 고려하고 자신의 가치와 목표에 부합하는 선택을 할 수 있게 해주므로 의사 결정에 있어 중요한 요소입니다. 자제력을 연습하면 부정적인 결과를 초래할 수 있는 충동적인 결정을 피하고 원하는 결과를 달성하는 데 도움이 되는 선택을 할 수 있습니다.

자제력은 또한 감정을 보다 효과적으로 조절하는 데 도움이 됩니다. 자제력을 연습하면 감정에 휘둘리지 않고 건강하고 건설적인 방식으로 감정을 관리하는 방법을 배울 수 있습니다. 이를 통해 감정에 압도되지 않고 어려운 상황에서 균형 감각과 관점을 유지하는 데 도움이 될 수 있습니다.

자제력은 또한 회복탄력성 또는 좌절과 도전에서 다시 일어설 수 있는 능력을 키우는 데 도움이 될 수 있습니다. 자제력을 연습함으로써 우리는 어려운 시기를 인내하고 그 반대편에서 더 강하게 나오는 데 필요한 정신적 강인함과 절제력을 기를 수 있습니다.

자제력은 다른 사람과의 관계에도 도움이 될 수 있습니다. 자제력을 연습하면 분노나 좌절감에 휩싸여 화를 내는 대신 다른 사람들과 더 효과적이고 동정심을 가지고 소통할 수 있습니다. 이는 상호 존중과 이해를 바탕으로 더 강력하고 지지적인 관계를 구축하는 데 도움이 될 수 있습니다.

자제력을 연습함으로써 우리는 더 나은 결정을 내리고, 감정을 더 효과적으로 조절하며, 회복력을 키우고, 다른 사람들과의 관계를 개선할 수 있습니다. 편견 없이 자신의 생각과 감정을 관찰하는 법을 배움으로써 내면의 평온함과 명료함을 키우고 일상에서 보다 합리적이고 효과적인 결정을 내릴 수 있습니다. 이러한 이점은 모두 보다 만족스럽고 성공적인 삶에 기여할 수 있습니다.

요가를 위한 무사도 코드

왜 사무라이 방식으로 요가를 하나요?

사무라이 방식으로 요가를 수행한다는 개념은 목적의식, 명예, 헌신을 가지고 요가에 접근하도록 상기시키는 강력한 역할을 할 수 있습니다. 사무라이 코드의 원칙을 요가 수행에 통합함으로써 개인은 요가의 본질에 더 깊이 연결되고 개인적인 변화를 경험할 수 있으며, 훈련 중인 전사처럼 집중하고 결단력 있는 사고방식을 채택하여 장애물을 극복하고 개인적인 성장을 이룰 수 있습니다. 사무라이 방식으로 요가를 수련할 수 있는 몇 가지 방법을 소개합니다:

• 사무라이는 엄격한 규율로 유명하며, 이는 요가 수련에도 적용될 수 있습니다. 꾸준히 요가를 연습하고 배우고 발전하려는 노력은 사무라이의 규율을 구현하는 데 도움이 될 수 있습니다.

• 사무라이는 산만함이나 역경 속에서도 당면한 과제에 집중할 수 있는 능력으로 유명합니다. 요가에서는 이러한 집중력을 호흡과 움직임에 적용하여 수련하는 내내 현재에 집중하고 마음챙김을 유지할 수 있습니다.

• 사무라이는 육체적으로나 정신적으로나 강하고 회복력이 있도록 훈련받았습니다. 요가에서는 아사나 수련을 통해 신체의 힘을 기르고 마음챙김과 명상을 통해 정신력을 키울 수 있습니다.

• 사무라이는 강인하고 단련되었을 뿐만 아니라 움직임의 우아함과 우아함도 중요시했습니다. 요가를 하면 수련할 때 우아함과 흐름의 감각을 기르고 유연하고 쉽게 움직일 수

있습니다.

- 사무라이는 충성심, 성실성, 용기를 강조하는 명예의 강령으로 유명합니다. 요가에서는 정직하고 진정성 있게 수련하고 자신의 가치와 신념에 충실함으로써 이러한 명예의식을 구현할 수 있습니다.

뇌파 레벨을 높이는 사무라이 방법

명상이나 집중 훈련과 같이 사무라이 전사가 사용하는 기술은 잠재적으로 뇌파 패턴에 영향을 미칠 수 있습니다. 요가와 같은 활동에서 마음챙김 연습, 시각화 운동, 집중력을 발휘하면 잠재적으로 이완, 집중, 인지 기능 향상과 관련된 유사한 뇌파 변화를 일으킬 수 있습니다. 뇌파 활동과 사무라이의 생활 방식 사이에는 몇 가지 일반적인 유사점이 있습니다:

알파파와 마음챙김: 알파파는 이완과 평온함과 관련이 있으며, 마음챙김 명상은 사무라이 방식에서 필수적인 부분입니다. 사무라이 전사들은 마음챙김 명상을 통해 정신 집중력과 명료성을 높일 수 있었습니다.

베타파 및 주의력: 베타파는 각성 및 집중력과 관련이 있으며, 사무라이 전사들은 고도의 집중력과 주의력을 필요로 하는 무술과 전투 기술을 고도로 훈련했습니다. 사무라이 전사들은 훈련과 집중력을 키움으로써 베타파의 활동을 증가시키고 전투 상황에서 신속하고 효과적으로 대응하는 능력을 향상시킬 수 있었습니다.

세타파 및 시각화: 세타파는 깊은 이완 및 시각화와 관련이 있으며, 사무라이 전사들은 종종 시각화 기법을 사용하여 전투를 위한 정신적 준비를 했습니다. 사무라이 전사들은 다양한 시나리오와 결과를 시각화함으로써 세타파의 활동을 증가시키고 정신적 명료성과 집중력을 향상시킬 수 있었습니다.

델타 웨이브와 휴식: 델타파는 깊은 수면 및 신체 회복 과정과 관련이 있습니다. 사무라이 전사들은 육체적, 정신적으로 휴식과 회복의 중요성을 강조했습니다. 충분한 수면을 취하고 휴식과 회복의 시간을 가지면 델타파 활동을 촉진하고 신체가 육체적, 정신적 노력으로부터 치유되고 회복하는 데 도움이 될 수 있습니다.

무사도 코드는 요가를 하는 데 어떻게 도움이 되나요?

무사도 강령의 원칙을 염두에 두고 요가를 수련하면 수련을 심화시키고 규율과 집중력을 키우는 데 도움이 될 수 있습니다. 다음은 무사도 강령이 요가 수련에 도움이 될 수 있는 몇 가지 방법입니다:

JUSTICE:

요가는 몸과 마음, 정신의 균형과 조화를 추구합니다. 요가는 이러한 내적 평형을 길러줌으로써 공정한 결정을 내리고, 상황에 공정하게 대응하며, 지역사회 내에서 정의를 증진할 수 있는 능력을 갖추게 됩니다.

용기:

요가 수련은 안전지대를 벗어나 새로운 자세를 시도하거나 신체적, 정신적 한계에 도전해야 하므로 용기가 필수적입니다. 용기를 가지고 수련한다는 것은 두려움에 맞서고 그 두려움에 사로잡히지 않는 것을 의미합니다.

COMPASSION:

요가에서 자비심을 기른다는 것은 내 몸에 귀를 기울이고 내 몸의 필요를 존중하는 것을 의미합니다. 자신의 한계를 넘어서지 않고 자기 관리와 친절을 실천하는 것을 의미합니다.

존중:

존중은 자신뿐만 아니라 다른 사람에 대한 요가 수련의 기본 원칙입니다. 이는 주변 환경을 인식하고, 자신의 몸에 귀를 기울이며, 판단이나 비교를 피하는 것을 의미합니다.

무결성:

수행자는 정직성을 실천함으로써 자기 인식을 함양하고 자신의 가장 깊은 가치와 조화를 이루는 선택을 함으로써 내면의 온전함과 정직성을 키울 수 있습니다.

명예:

요가는 규칙적인 수련을 유지하고 요가에 대한 이해를 깊게 하기 위해 헌신과 훈련이 필요합니다. 명예로운 마음으로 요가에 접근함으로써 수련생은 자신의 성장과 발전은 물론 더 넓은 요가

커뮤니티에 대한 헌신을 보여줄 수 있습니다.

로열티:

요가 수련생은 몸과 마음, 영혼을 존중함으로써 자기 충성심을 기릅니다. 이는 내면의 지혜에 귀 기울이고, 자신의 경계를 존중하며, 자기 관리를 실천하는 것을 의미합니다. 요가는 자신에게 충실함으로써 자기 자신에 대한 충성심이 깊어지는 토대를 마련합니다.

셀프 컨트롤:

자제력은 일관되고 훈련된 요가 수련을 하는 데 필수적입니다. 자제력을 키움으로써 요가는 자신의 몸에 귀를 기울이고, 자신의 한계를 존중하며, 안전하고 지속 가능한 수준을 넘어서는 무리한 동작을 피하는 법을 배웁니다.

무사도 코드에서 팔다리 요가까지

파탄잘리의 요가 수트라에 설명된 요가의 팔다리는 요가 수련을 위한 틀을 제공합니다. 사무라이의 무사도 강령은 집중력, 규율, 목적 의식을 가지고 수련에 접근하는 방법에 대한 지침을 제공함으로써 요가의 팔다리를 구현하는 데 도움이 될 수 있습니다. 다음은 무사도 규범을 요가의 각 팔다리에 적용할 수 있는 몇 가지 방법입니다:

야마 (윤리적 원칙): 요가의 첫 번째 사지는 타인에 대한 우리의 행동을 인도하는 윤리적 원칙인 야마입니다. 무사도 강령은 정의, 연민, 존중과 같은 윤리적 원칙의 중요성을 강조합니다. 이러한 원칙은 자신과 타인에 대한 도덕적, 윤리적 책임감을 키움으로써 요가 수련에 적용될 수 있습니다.

니야마 (자기 훈련 및 영적 관찰): 요가의 두 번째 사지는 우리 자신에 대한 행동을 인도하는 윤리적 원칙인 니야마스입니다. 무사도 강령은 명상과 묵상과 같은 자기 수양과 영적 의식의 중요성을 강조합니다. 이러한 관행은 요가 수련에 적용하여 집중력과 규율을 기를 수 있습니다.

아사나 (신체 자세): 요가의 세 번째 사지는 명상을 위해 몸을 준비하는 데 사용되는 신체적 자세인 아사나입니다. 무사도 강령은 신체 훈련과 숙달의 중요성을 강조합니다. 이는 규율과 집중력, 목적 의식을 가지고 신체 자세에 접근함으로써 요가 수련에 적용할 수 있습니다.

프라나야마 (호흡 조절): 요가의 네 번째 사지는 호흡을 조절하는 수련인 프라나야마입니다. 무사도 강령은 호흡에 대한 통제와 규율의 중요성을 강조합니다. 이는 호흡에 집중하고 호흡을 사용하여 몸과 마음을 조절함으로써 요가 수련에 적용될 수 있습니다.

프라티아하라 (감각 철수): 요가의 다섯 번째 사지 요가의 다섯 번째 사지는 프라티아하라로, 외부 자극으로부터 감각을 차단하는 수련법입니다. 무사도 강령은 분리와 무집착의 중요성을 강조합니다. 이는 외부의 산만함으로부터 분리된 감각을 기르고 수련에 집중함으로써 요가 수련에 적용될 수 있습니다.

다라나(농도): 요가의 여섯 번째 사지는 다라나로, 집중력을 기르는 수련법입니다. 무사도 강령은 정신 집중과 집중의 중요성을 강조합니다. 이는 호흡, 만트라 또는 시각적 이미지에 한곳에 집중하는 감각을 길러 요가 수련에 적용할 수 있습니다.

디야나(명상): 요가의 일곱 번째 사지는 명상 수련인 디야나(Dhyana)입니다. 무사도 강령은 명료함과 통찰력을 얻기 위한 수단으로서 명상과 관조의 중요성을 강조합니다. 이는 내면의 깊은 인식과 자기 성찰을 함양함으로써 요가 수련에 적용될 수 있습니다.

사마디 (행복의 상태): 요가의 여덟 번째 팔다리는 명상에 완전히 몰입한 상태인 사마디입니다. 무사도 강령은 자아를 초월하고 우주와 합일하는 상태에 도달하는 것의 중요성을 강조합니다. 이는 신과의 연결 감각과 내면의 깊은 평화와 만족감을 길러 요가 수련에 적용할 수 있습니다.

무사도 코드에서 차크라까지

무사도 강령은 내면의 평화와 조화를 기르는 데 도움이 되는 균형 잡힌 명예로운 생활 방식을 장려하며, 이는 차크라의 건강과 균형에 도움이 될 수 있습니다. 무사도 강령에는 차크라의 균형과 강화에 도움이 될 수 있는 특정 측면이 있습니다.

루트 차크라 - 첫 번째 차크라는 척추 기저부에 위치하며 안정감 및 접지력과 관련이 있습니다. 무사도 강령은 상사에 대한 충성심과 존중의 중요성을 강조하며, 이는 삶의 안정감과 안정감을 조성하는 데 도움이 될 수 있습니다.

성스러운 차크라 - 두 번째 차크라는 하복부에 위치하며 창의성 및 감정과 관련이 있습니다. 무사도 강령은 감정의 균형을 맞추고 충동적인 행동을 예방하는 데 도움이 되는 자기 수양과 자제력의 중요성을 강조합니다.

태양 신경총 차크라 - 세 번째 차크라는 상복부에 위치하며 개인의 힘과 자존감과 관련이 있습니다. 무사도 강령은 용기와 자신감의 중요성을 강조하며, 이는 이 차크라를 강화하는 데 도움이 될 수 있습니다.

하트 차크라 - 네 번째 차크라는 가슴 중앙에 위치하며 사랑, 연민, 연결과 관련이 있습니다. 무사도 강령은 공감과 연민의 중요성을 강조하며, 이는 이 차크라를 열고 균형을 잡는 데 도움이 될 수 있습니다.

인후 차크라 - 다섯 번째 차크라는 목구멍에 위치하며 의사 소통 및 자기 표현과 관련이 있습니다. 무사도 강령은 정직과 성실함의 중요성을 강조하며, 이는 이 차크라를 강화하는 데 도움이 될 수 있습니다.

제 3의 눈 차크라 - 여섯 번째 차크라는 이마에 위치하며 직관 및 영적 인식과 관련이 있습니다. 무사도 강령은 마음 챙김과 인식의 중요성을 강조하며, 이는 이 차크라를 열고 균형을 잡는 데 도움이 될 수 있습니다.

크라운 차크라 - 일곱 번째 차크라는 머리 꼭대기에 위치하며 영적 연결 및 깨달음과 관련이 있습니다. 무사도 강령은 이 차크라를 열고 균형을 잡는 데 도움이 될 수 있는 현재를 살고 지식을 추구하는 것의 중요성을 강조합니다.

요가에서 무사도 코드를 구현하는 것이 중요한 이유는 무엇인가요?

무사도 강령은 사무라이의 생활 방식을 위해 특별히 개발되었으며, 그 원리를 요가 수련에 접목하면 여러 가지 이점을 얻을 수 있습니다:

규율과 집중력을 기를 수 있습니다: 오늘날과 같이 빠르게 변화하고

빠르게 변화하고 산만해지는 오늘날의 세상에서 규율과 집중은 개인의 성장과 웰빙을 위해 필수적입니다. 무사도 강령은 규율, 헌신, 집중력을 강조하며, 이는 개인이 일관된 요가 수련을 개발하는 데 도움이 될 수 있습니다. 무사도 강령의 원칙을 통합함으로써 개인은 요가 수련과 다른 삶의 영역에서 집중력, 헌신, 규율을 유지할 수 있는 능력을 강화할 수 있습니다.

인성 및 윤리적 가치관 구축: 무사도 무사도 강령은 성실, 정직, 연민과 같은 미덕을 강조합니다. 이러한 원칙을 요가 수련에 통합하면 개인이 강한 인격을 형성하고 윤리적 가치를 배양하는 데 도움이 됩니다. 도덕적 가치와 성실성이 간과되기 쉬운 사회에서 요가에 무사도 강령을 적용하는 것은 매트 안팎에서 이러한 자질을 지키고 성실하게 살도록 상기시키는 역할을 할 수 있습니다.

회복탄력성과 정서적 건강 증진 존재: 무사도 강령은 정신적 회복력, 정서적 균형, 용기를 가지고 도전에 맞설 수 있는 능력을 강조합니다. 이러한 자질은 스트레스, 불확실성, 정신 건강 문제가 만연한 현 세대에서 점점 더 중요해지고 있습니다. 무사도 강령을 요가 수련에 적용하면 개인이 회복탄력성, 감성 지능, 우아하고 침착하게 도전을 헤쳐나가는 능력을 개발하는 데 도움이 될 수 있습니다.

심신 연결 및 건강 증진 존재: 무사도 강령은 몸과 마음, 정신의 통합을 인정합니다. 마찬가지로 요가는 마음과 몸, 호흡의 통합을 강조합니다. 요가에 무사도 코드를 적용함으로써 개인은 심신 연결을 강화하고 전반적인 웰빙을 향상시키며 삶의 조화와 균형감을 경험할 수 있습니다.

적응하면 개인이 자신의 뿌리를 발견하고 내면의 자아와 연결되며 더 깊은 의미와 성취감을 키울 수 있습니다.

무사도 강령을 요가 수련에 통합함으로써 현 세대는 시대를 초월한 원칙의 혜택을 받아 개인의 성장, 웰빙, 윤리의식을 향상시킬 수 있습니다. 무사도는 절제력, 회복력, 성실성, 연민을 개발하는 지침이 되어 현대 사회의 복잡성을 헤쳐나가면서 진정한 자아와 연결되고 목적이 있는 삶을 살 수 있도록 도와줍니다.

무사도 코드 기술 연습 집에서

선은 단순히 다리를 꼬고 앉아 명상하는 것만이 아니라 정원을 쓸고 채소를 다듬는 것부터 다도, 꽃꽂이, 바위 정원, 서예, 단색 수묵화 등 다양한 활동을 통해 마음을 집중시키고

마음을 집중하고 영적 각성을 위해 노력합니다.

집에서 무사도 코드를 사용하여 팔다리 요가를 따라하는 기술

이 두 가지 원칙을 결합하면 균형 잡히고 훈련된 요가 수련 방식을 만들 수 있습니다. 집에서 무사도 코드를 사용하여 팔다리 요가를 따라 할 수 있는 몇 가지 방법을 소개합니다:

YAMAS: 야마는 요가의 윤리적 원칙으로 비폭력, 진실성, 도둑질 금지, 독신주의, 소유하지 않기 등을 포함합니다. 집에서도 다른 사람에게 친절하게 대하고, 진실하게 말하고, 다른 사람의 의견을 존중하고, 자제력을 발휘함으로써 야마를 실천할 수 있습니다.

니야마스: 니야마는 요가의 개인 수행법으로 청결, 만족, 자기 수양, 독학, 더 높은 힘에 대한 헌신을 포함합니다. 집에서도 니야마를 따라 생활 공간을 깨끗하고 정돈된 상태로 유지하고, 현재에 만족하며, 자제력을 기르고, 자신의 행동과 생각을 되돌아보고, 삶의 의미와 목적을 찾을 수 있습니다.

ASANA: 아사나는 요가의 신체적 수련으로, 요가 자세와 동작을 수행하는 것을 포함합니다. 요가 동영상을 따라 하거나 가상 요가 수업에 참여하여 집에서 아사나를 연습할 수 있습니다.

프라나야마: 프라나야마는 호흡을 조절하는 수련법입니다. 집에서 심호흡, 콧구멍 교대 호흡 또는 호흡 유지와 같은 안내에 따라 집에서 프라나야마를 연습할 수 있습니다.

프라티아하라: 프라티아하라는 외부의 산만함으로부터 감각을 거두는 수행법입니다. 집에서도 휴대폰이나 컴퓨터를 끄고 조용하고 평화로운 공간을 찾는 등 주변 환경의 방해 요소를 최소화하여 프라티아하라를 연습할 수 있습니다.

DHARANA: 다라나는 집중하는 수행법입니다. 집에서도 촛불이나 만트라 등 하나의 지점이나 대상에 집중하여 다라나를 수행하실 수 있습니다.

DHYANA: 디야나는 명상 수행법입니다. 집에서도 안내 명상을 따라 하거나 명상 앱을 사용하여 디야나를 연습할 수 있습니다.

사마디: 사마디는 요가의 궁극적인 목표이며, 수련자가 우주와의 일체감을 경험하는 심오한 명상 상태입니다. 집에서 사마디를 달성하기는 어려울 수 있지만, 요가의 다른 동작을 정기적으로 연습하고 마음챙김과 내면의 평화를 기르면 이 목표를 향해 나아갈 수 있습니다.

사무라이 방식으로 이러한 수련에 접근하려면 규율과 집중력, 자기 계발을 위한 노력을 기울여야 합니다. 또한 무사도의 원리를 수련에 접목하여 목적의식과 의미를 함양하는 데 도움이 될 수 있습니다. 집에서 사무라이 방식으로 팔다리 요가를 수련하면 육체적, 정신적으로 더 깊은 내면의 평화와 명료함, 힘을 기를 수 있습니다.

가정에서 침묵 서약 실천하기

일본의 침묵 서원은 내면의 평화와 자기 인식을 함양하기 위한 수단으로 침묵을 지키는 수행법입니다. 집에서 침묵을 실천하기

위해 따라야 할 몇 가지 단계는 다음과 같습니다:

전용 시간과 공간을 따로 마련하세요.: 시간 선택

시간을 정하고 방해받지 않고 묵언을 연습할 수 있는 집 안의 조용한 공간을 선택하세요. 휴대폰과 기타 전자기기를 꺼서 방해 요소를 제거합니다.

마음 챙김 연습하기: 쿠션이나 의자에 편안하게 앉아 등을 곧게 펴고 눈을 감습니다. 심호흡을 몇 번 하고 현재 순간에 주의를 집중합니다. 판단이나 집착 없이 자신의 생각과 감정을 관찰합니다.

침묵 준수: 침묵 서약을 하는 동안에는 불필요한 말이나 소리를 내지 마세요. 다른 사람들과 함께 생활하는 경우, 제스처나 메모를 통해 소통할 수 있습니다.

신중한 연습 활동: 침묵 서약을 하는 동안에는 자신의 감각과 주변 환경에 주의를 기울이며 걷기, 요리하기, 청소하기 등의 활동을 마음 편하게 할 수 있습니다.

신중하게 침묵을 끝내기: 침묵의 서약을 끝낼 때가 되면 심호흡을 몇 번 하고 이 경험에 대해 감사를 표현하세요. 수행 중에 떠오른 통찰력이나 관찰한 내용을 적을 수 있습니다.

일본식 침묵의 서원을 실천하는 것은 개인적이고 개별적인 경험이라는 점을 기억하고, 자신의 취향과 필요에 맞게 단계와 기간을 자유롭게 조정하세요. 핵심은 열린 마음과 호기심 가득한 마음으로 수행에 접근하고 침묵이 몸과 마음, 정신에 미치는 영향을 관찰하는 것입니다.

가정에서의 선 명상 수행

선 명상은 고요히 앉아 현재의 순간을 관찰하는 마음챙김 수행의 한 형태입니다. 다음은 집에서 선 명상을 할 때 따라야 할 몇 가지 일반적인 단계입니다:

조용하고 편안한 공간을 찾습니다: 집안에서 방해받지 않고 편안하게 앉을 수 있는 조용하고 깨끗한 공간을 선택하세요. 쿠션이나 의자에 등을 곧게 펴고 무릎에 손을 얹고 앉을 수 있습니다.

타이머 설정: 명상 세션의 타이머를 설정하고, 몇 분으로 시작하여 명상에 익숙해지면 점차 시간을 늘려갑니다.

호흡에 집중하기: 숨을 들이쉬고 내쉴 때의 느낌을 관찰하면서 호흡에 주의를 기울이세요. 숨을 세거나 판단이나 집착 없이 그저 관찰해도 좋습니다.

생각 관찰하기: 명상을 하다 보면 머릿속에 떠오르는 생각이 있을 수 있습니다. 이러한 생각에 사로잡히지 말고 판단이나 집착 없이 관찰하고 부드럽게 호흡으로 주의를 돌려보세요.

명상 종료: 타이머가 울리면 심호흡을 몇 번 하고 천천히 눈을 뜹니다. 잠시 시간을 내어 자신의 기분을 관찰하고 이 경험에 대해 감사를 표현하세요.

선 명상은 개인적이고 개별적인 경험이라는 점을 기억하시고, 자신의 취향과 필요에 따라 단계와 시간을 자유롭게 조정하세요. 핵심은 열린 마음과 호기심 가득한 마음으로 명상에 접근하고 고요함과 마음챙김이 몸과 마음, 정신에 미치는 영향을 관찰하는 것입니다.

가정에서 다도 연습하기:

일본 문화에서 다도 수련은 평화롭고 명상적인 활동으로 일상에 접목할 수 있습니다. 다음은 따라야 할 몇 가지 일반적인 단계입니다:

차 공간 설정: 집안에서 조용하고 깨끗한 공간, 가급적이면 창문이나 자연광이 들어오는 곳을 찾으세요. 낮은 테이블을 설치하거나 바닥에 쿠션을 깔고 앉을 수 있습니다. 차 그릇, 차 거품기, 차 국자, 물을 끓일 수 있는 작은 주전자나 냄비 등 필요한 도구와 도구를 모두 준비하세요.

차 준비하기: 물을 끓여 약간 식힌 후 찻잔에 붓습니다. 티 스쿱을 사용하여 녹차 가루를 소량씩 그릇에 넣습니다. 차 거품기를 사용하여 차에 거품이 날 때까지 휘젓습니다.

서빙하고 즐기기: 손님에게 차 그릇을 제공하거나 혼자서 즐기세요. 양손으로 찻잔을 잡고 한 모금 마시면서 차의 맛과 향을 음미하세요. 차를 다 마신 후에는 식기를 깨끗이 씻어 보관하세요.

마음 챙김 연습하기: 다도는 마음챙김과 알아차림을 강조하는 명상 수행법입니다. 현재 순간에 집중하고 차의 맛, 향, 질감 등 감각에 주의를 기울이세요.

집에서 다도를 연습하는 것은 개인적이고 개별적인 경험이라는 점을 기억하시고, 자신의 취향과 필요에 맞게 단계와 도구를 자유롭게 조정하세요.

집에서 음식 명상하기

일본 음식은 맛있을 뿐만 아니라 풍부한 문화 유산을 담고 있습니다. 음식 명상 수련에 참여하면 요리의 맛과 질감, 마음 챙김을 느낄 수 있는 훌륭한 방법이 될 수 있습니다. 다음은 따라야 할 몇 가지 일반적인 단계입니다:

장면 설정: 방해받지 않고 집중할 수 있는 조용하고 편안한 장소를 찾으세요. 작은 테이블이나 매트에 일본식 전통 음식이나 접시 하나를 놓고 앞에 놓습니다. 조명을 어둡게 하거나 촛불을 켜서 고요한 분위기를 조성하세요.

재료 선택: 신선하고 질 좋은 식재료를 선택하세요. 일본 요리의

일반적인 식사는 밥, 된장국, 절인 채소, 생선 구이 또는 두부 등의 반찬과 소량의 과일로 구성됩니다.

식사 준비: 각 재료의 색, 냄새, 질감에 주의를 기울이면서 시간을 들여 정성스럽게 식사를 준비하세요. 굽기, 찌기, 끓이기 등 일본 전통 요리 기법을 사용하세요.

식사 제공: 색상과 모양의 균형에 주의를 기울여 접시나 그릇에 음식을 예쁘게 담아보세요. 잠시 시간을 내어 프레젠테이션과 음식을 만드는 데 들인 노력을 감상하세요.

마음 편하게 식사 즐기기: 한 입 베어 물기 전에 심호흡을 하고 배고픔과 기대감에 집중하세요. 한 입에 조금씩 넣고 천천히 씹으면서 각 재료의 풍미와 식감을 음미합니다. 각 음식의 온도, 질감, 미묘한 맛에 주의를 기울이세요.

감사 실천하기: 식사를 마친 후에는 잠시 시간을 내어 음식과 그 음식을 재배하고 준비한 사람, 그리고 몸과 마음에 영양을 공급할 수 있는 기회에 대해 감사하는 마음을 표현하세요.

일식 명상은 개인적이고 개별적인 경험이라는 점을 기억하시고, 자신의 취향과 필요에 따라 재료와 플레이팅을 자유롭게 조정해 보세요. 핵심은 마음챙김과 감사하는 마음으로 식사에 접근하고 경험의 매 순간을 음미하는 것입니다.

집에서 하는 사무라이 운동

사무라이는 신체적, 정신적 훈련을 광범위하게 받은 봉건 일본의 유명한 전사였습니다. 다음은 사무라이 훈련에서 영감을 받아

집에서 할 수 있는 몇 가지 운동법입니다.:

검술 훈련: 나무나 플라스틱 검 또는 막대기를 사용하여 검의 움직임을 연습할 수 있습니다. 기본적인 타격과 찌르기부터 시작하여 점차 더 복잡한 형태로 발전시켜 보세요. 올바른 자세와 발놀림을 연습해야 합니다.

체중 운동: 사무라이 전사들은 팔굽혀펴기, 스쿼트, 런지와 같은 체중 부하 운동을 광범위하게 훈련했습니다. 이러한 운동은 장비 없이도 집에서 할 수 있습니다. 각 운동을 여러 세트씩 반복하면서 점차 반복 횟수를 늘리는 것을 목표로 하세요.

요가 및 스트레칭: 사무라이 전사들도 유연성과 기동성을 유지하기 위해 요가와 스트레칭을 실천했습니다. 집에서 온라인 동영상이나 책을 이용해 요가를 연습하거나 햄스트링 스트레칭, 어깨 스트레칭과 같은 기본적인 스트레칭 운동을 할 수 있습니다.

정신 훈련: 사무라이 전사들은 집중력, 집중력, 회복력을 키우기 위해 마음을 단련하기도 했습니다. 명상, 시각화 또는 기타 정신 훈련을 통해 이러한 기술을 개발할 수 있습니다.

운동 프로그램을 시작하기 전에, 특히 기존에 앓고 있던 건강 질환이나 부상이 있는 경우에는 반드시 의료 전문가와 상담하는 것을 잊지 마세요. 낮은 강도로 시작하여 점차 훈련의 난이도와 시간을 늘리세요. 결과를 보려면 규칙적으로 꾸준히 연습하세요.

집에서의 꽃꽂이 연습

이케바나는 단순함, 조화, 천연 재료 사용을 강조하는 일본의

꽃꽂이 예술입니다. 집에서 꽃꽂이를 연습하기 위해 따라야 할 몇 가지 단계를 소개합니다:

적합한 공간 선택: 집안에서 조용하고 조명이 밝은 공간을 찾아 꽃꽂이 작업을 하세요.

이 공간은 표면이 평평하고 물을 쉽게 구할 수 있는 곳이 가장 이상적입니다.

자료 수집: 먼저 정원이나 지역 꽃집에서 다양한 꽃, 나뭇잎, 나뭇가지를 수집하세요. 다양한 모양, 색상, 질감의 재료를 선택하여 대비와 흥미를 유발하세요.

도구 준비: 날카로운 가위, 꽃병이나 용기, 재료를 제자리에 고정할 켄잔이나 꽃개구리가 필요합니다.

스타일 선택: 꽃꽂이는 나름의 규칙과 원칙이 있는 다양한 스타일을 제공합니다. 다양한 스타일을 조사하여 마음에 드는 스타일을 선택하거나 취향과 직관에 따라 나만의 스타일을 만들어 보세요.

어레인지 만들기: 키가 큰 줄기나 큰 꽃과 같은 초점을 선택하고 그 주위에 다른 소재를 균형 있고 조화롭게 추가하는 것으로 시작하세요. 소재 사이의 공간에 주의를 기울이고 비대칭과 단순함을 사용하여 우아하고 세련된 느낌을 연출하세요.

관찰 및 반영: 배열을 완성한 후에는 한 걸음 물러나서 다양한 각도에서 관찰하세요. 재료의 모양, 색상, 질감, 그리고 재료가 불러일으키는 느낌과 감정에 대해 생각해 보세요.

꽃꽂이 연습은 개인적이고 개별적인 경험이라는 점을 기억하고, 다양한 재료와 스타일을 자유롭게 실험하며 창의성과 개성을 표현하세요. 중요한 것은 개방적이고 세심한 마음으로 연습에 접근하고 아름답고 의미 있는 무언가를 만드는 과정을 즐기는 것입니다.

집에서의 암석 정원 가꾸기

암석 정원은 단순함, 미니멀리즘, 자연 요소의 사용을 강조하는 일본식 정원 디자인입니다. 집에서 암석 정원을 만들기 위해 따라야 할 몇 가지 단계는 다음과 같습니다:

위치 선택: 마당이나 발코니에서 햇빛이 잘 드는 평평하고 배수가 잘 되는 장소를 찾으세요. 공간의 크기와 모양, 정원에 포함할 재료와 요소를 고려하세요.

자료 수집: 바위 정원을 만들려면 다양한 크기의 바위, 자갈 또는 모래, 갈퀴가 필요합니다. 이끼, 양치류 또는 작은 나무와 같은 다른 요소를 추가하여 깊이감과 대비를 만들 수도 있습니다.

디자인 계획: 펜과 종이를 사용하여 바위의 배치, 공간의 모양과 크기, 만들고자 하는 패턴과 질감을 고려하여 디자인을 스케치합니다. 비대칭과 단순함의 원칙과 네거티브 스페이스의 사용을 고려하여 균형과 조화의 감각을 만들어 보세요.

나만의 정원 만들기: 먼저 자갈이나 모래를 바닥에 깔고 바위와 기타 요소를 디자인에 배치합니다. 갈퀴를 사용하여 자갈이나 모래에 패턴과 질감을 만들고 물이나 파도의 느낌을 줄 수 있습니다.

정원 관리: 바위 정원을 만든 후에는 바위 정원을 만든 후에는 파편과 잡초를 제거하고 자갈이나 모래를 긁어내어 패턴과 질감을 선명하고 깨끗하게 유지하면서 정기적으로 관리하세요.

암석 정원을 만드는 것은 개인적이고 개별적인 경험이라는 점을 기억하고 다양한 재료, 모양, 패턴을 자유롭게 실험하며 창의성과 개성을 표현하세요. 중요한 것은 개방적이고 세심한 마음으로 연습에 접근하고 아름답고 의미 있는 무언가를 만드는 과정을 즐기는 것입니다.

집에서 캘리그라피 연습하기

캘리그라피는 붓이나 펜을 사용하여 우아하고 유려한 문자를 아름답고 표현력 있게 쓰는 예술입니다. 집에서 캘리그라피를 연습할 수 있는 몇 가지 단계를 소개합니다:

자료 수집: 캘리그라피를 연습하려면 붓이나 펜, 잉크, 종이, 테이블이나 책상 같은 글쓰기 표면이 필요합니다. 캘리그라피 용품은 미술 용품점이나 온라인에서 구입할 수 있습니다.

기본 사항 알아보기: 캘리그라피는 붓이나 펜을 잡고, 가늘고 굵은 선을 만들고, 다양한 문자와 획을 만드는 적절한 기술을 배우는 것을 포함합니다. 온라인 튜토리얼을 보거나, 수업을 듣거나, 캘리그라피 관련 책을 읽으면 캘리그라피의 기본을 배울 수 있습니다.

규칙적인 연습: 캘리그래피 실력을 향상시키기 위한 핵심은 규칙적인 연습입니다. 간단한 문자와 획으로 시작하여 점차 복잡한 형태까지 연습하세요. 각 문자를 여러 번 연습하면서 적절한 기법과

형태의 아름다움에 집중하세요.

다양한 스타일 실험: 캘리그래피는 각각 고유한 규칙과 원칙을 가진 다양한 스타일과 스크립트를 제공합니다. 다양한 스타일을 실험해 보거나 취향과 직관에 따라 나만의 스타일을 만들어 보세요.

관찰 및 반영: 캘리그라피 작품을 완성한 후에는 한 걸음 물러서서 다양한 각도에서 작품을 관찰하세요. 작품의 모양, 획, 전체적인 구도, 그리고 작품이 불러일으키는 느낌과 정서를 생각해 보세요.

캘리그라피 연습은 개인적이고 개별적인 경험이라는 점을 기억하고 다양한 스타일, 재료, 기법을 자유롭게 실험하며 창의력과 개성을 표현하세요. 중요한 것은 개방적이고 세심한 마음으로 연습에 접근하고 아름답고 의미 있는 무언가를 창조하는 과정을 즐기는 것입니다.

집에서 단색 수묵화 연습하기

단색 수묵화 연습은 집에서도 즐겁고 유익하게 할 수 있습니다. 집에서 편안하게 단색 수묵화를 연습할 수 있는 몇 가지 방법을 소개합니다:

필요한 자료를 수집합니다: 다음 사항을 확인하세요. 단색 수묵화를 위한 필수 재료가 있는지 확인하세요. 여기에는 일반적으로 잉크 스틱, 벼루, 붓, 흡수성 라이스 페이퍼가 포함됩니다. 이러한 재료는 미술 용품점이나 온라인에서 구입할 수 있습니다.

전용 공간 만들기: 집에 단색 수묵화 연습을 위한 전용 공간을 마련하세요. 조용한 구석이나 방 등, 편안함을 느끼고 방해받지 않고 집중할 수 있는 공간이면 어디든 좋습니다. 재료를 깔끔하게 정리하고 평온함과 창의력을 키울 수 있는 분위기를 조성하세요.

기술 배우기: 단색 수묵화의 기법과 원리를 익혀보세요. 지침서나 온라인 튜토리얼을 찾아보거나 가상 수업이나 워크숍에 참여하여 기본기를 익히고 기술을 연마할 수 있습니다. 이 예술 형식에서 일반적으로 사용되는 붓질, 잉크 희석, 음영 및 구도 기법을 공부하세요.

마음 챙김과 집중력 연습:

단색 수묵화 연습은 마음가짐을 가다듬고 집중하는 마음으로 접근하세요. 붓질 하나하나, 잉크의 흐름, 붓과 잉크, 종이 사이의 상호작용에 주의를 집중하세요. 그 과정에 온전히 집중하여 생각을 가라앉히고 명상적인 수묵화의 특성을 수용하세요.

불완전함을 포용합니다: 단색 수묵화는 종종 불완전함과 즉흥성을 찬양합니다. 먹과 붓의 예측할 수 없는 특성을 받아들이고 완벽한 결과물을 얻기 위해 지나치게 신경 쓰지 않고 창의력을 발휘하세요. 완벽주의를 버리고 예술을 창조하는 과정을 즐기세요.

실험 및 탐색: 단색 수묵화는 자기 표현을 위한 다양한 가능성을 제공합니다. 다양한 붓 기법을 실험하고, 풍경, 동물, 추상적인 형태 등 다양한 주제를 탐구하고, 다양한 색조와 대비를 사용해 보세요. 연습을 자기 발견과 개인적 탐구의 기회로 삼으세요.

성찰과 학습: 자신의 작품과 단색 수묵화 연습 경험을 되돌아보는

시간을 가져보세요. 진행 상황을 관찰하고, 개선할 부분을 파악하고, 성취를 축하하세요. 학습 여정을 받아들이고 시간이 지남에 따라 연습이 발전할 수 있도록 하세요.

집에서 단색 수묵화를 연습하는 것은 개인적인 즐거움, 창의적인 표현, 내적 성장의 원천이 될 수 있다는 점을 기억하세요. 그 과정을 받아들이고, 창의력을 마음껏 발휘하며, 이 예술 형식이 제공하는 명상적 특성을 음미해 보세요.

결론

산만함이 넘쳐나고 스트레스 지수가 높은 급변하는 현대 사회에서 집안에서 조화롭고 마음을 다스리는 환경을 조성하는 것이 점점 더 중요해지고 있습니다.

침묵의 서약, 꽃꽂이, 선 명상, 음식 명상, 바위 정원, 단색 수묵화, 캘리그라피, 운동과 같은 기법을 가정 내 일상에 도입하면 전반적인 웰빙과 성과에 큰 영향을 미칠 수 있습니다.

이러한 관행은 마음챙김을 기르고, 자기 인식을 강화하며, 정서적 균형을 촉진하고, 우리 자신과 환경의 조화로운 감각을 키워줍니다. 이러한 변화의 기술을 받아들임으로써 우리는 내면의 평화, 창의성, 의식의 고양을 위한 공간을 만들어 집안에서 더욱 만족스럽고 목적 있는 삶을 살 수 있습니다. **이렇게 사무라이 방식으로 요가를 통해 스트레스가 많은 삶을 풍요로운 삶으로 바꿀 수 있습니다.**

기타 작업

스리데비 사운디라잔

1. 양수 무한대
2. 우주의 21가지 법칙
3. 내 책 왕국
4. 매혹적인 계절: 자연의 마법을 품다
5. 이키가이의 빛: 인생의 길을 비추다
6. 이치고 이치에 하모니: 현재 순간의 선물

스리데비 K.J. 샤미라잔

1. 사무라이 저널
2. 선 책장: 50권 선 독서 챌린지 일지
3. 200가지 선 이야기 긍정과 내면의 평화 키우기

저자 소개

스리데비 K.J. 샤미라잔으로도 알려진 스리데비 사운디라잔 박사는 인상적인 업적과 재능으로 인생의 여정을 장식한 인도의 주목할 만한 전문가입니다. 전자 및 통신 공학 학사, 경영학 석사, 인간 우수성을 위한 요가 석사 등 다양한 학력을 갖춘 그녀는 다양한 창의적이고 지적인 분야에서 다재다능한 인재로 자리매김했습니다. 그녀는 국제평화상위원회로부터 문학 분야 명예박사 학위를 받았습니다.

예술에 대한 열정을 가지고 태어난 스리데비는 한 분야에 국한되지 않습니다. 그녀는 바라타나티암 무용수이자 공인 요가 교사, 작가, 팟캐스터, 유튜버, 예술가이기도 합니다. 이러한 다재다능함은 자기 표현과 지식 추구에 대한 그녀의 헌신을 보여주는 증거입니다.

스리데비의 문학적 업적은 특히 주목할 만합니다. 그녀의 시집인 "긍정적인 무한"은 2023 년에 권위 있는 상을 받았습니다. 이 시집은 긍정 시 부문에서 골든 북 어워드, 시인 부문에서 인터내셔널 엑셀런스 어워드, 21 세기 에밀리 디킨슨 상을 수상했습니다. 그녀의 두 번째 저서인 "21 LAWS OF UNIVERSE"와 "나의 책 왕국" 역시 한정판 21 세기 에밀리 디킨슨 상을 수상했습니다. 그녀의 네 번째 저서인 '마법에 걸린 계절: 자연의 마법을 품다', 다섯 번째 저서인 '이키가이의 빛: 인생의 길을 밝히다', 여섯 번째 저서인 '이치고 이치에 하모니: 현재 순간의 선물'은 모두 저자 자유 허브 협회로부터 저자 마무리 상을 수상했습니다.

스리데비는 웰빙과 긍정성을 증진하기 위한 노력을 책에서 엿볼 수 있습니다. "스트레스가 많은 삶 대 풍요로운 삶: 사무라이 방식의 요가"는 아마존 베스트셀러 1 위에 올랐고, AUTHOR FREEDOM HUB 로부터 공로상을 받았으며, 2023 년 THE INTERTVIEW TIMES 가 선정한 인도 작가상 (INSPIRING INDIA AUTHORS AWARD)을 수상하는 영예를 안았습니다.

그녀의 문학적 성공을 이어가는 그녀의 저서 "사무라이 저널"과 "젠 북셀프"도 AUTHOR FREEDOM HUB 에서 PROLIFIC AWARD 를 수상했습니다. 그녀의 저서 "200 ZEN STORIES: 긍정과 내면의 평화를 키우다"는 2023 년 여성 작가 부문에서 국제 우수상을 수상하고, 작가 자유 허브에서 또 다른 PROLIFIC 어워드를 수상하며 큰 성과를 거두었습니다. 이는 영감을 불러일으키고 고양시키는 글을 쓰는 그녀의 능력을 입증하는 결과입니다.

스리데비는 문학적 업적 외에도 쉬포워드에서 수여하는 2023 년 나리 프라티바 삼만 체인지메이커, 2023 년 바라트 비부샨, 2023 년 라빈드라나트 타고르 문학상(RABINDRANATH TAGORE

LITERATURE AWARD)을 수상했습니다, 인터내셔널 LSH 어워드 2023, 아이코닉 나리 삼만 푸라스카르 2023, 바라티야 바누심하 푸라스카르 2023, DRDC 글로벌의 인터내셔널 이키가이 어워드 2023 을 수상하며 자신의 분야에서 체인지메이커로 인정받았습니다. 그녀는 월드 그레이트 레코드로부터 '세계 최고의 선행상'을 수상했습니다. 나미야 매거진에서 선정한 파라마운트 여성상 톱 20 에 선정되었습니다.

스리데비의 팟캐스트 '작가 스리데비와 함께하는 긍정 확산'은 그녀의 다방면에 걸친 경력의 또 다른 면모를 보여줍니다. Apple 팟캐스트의 새롭고 주목할 만한 카테고리에서 들을 수 있습니다. 그녀는 인플루언서 북 오브 월드 레코드와 바라트 레코드 북 2023 에서 "2023 년 긍정 무한대의 저자이자 아이코닉 팟캐스터"로 세계 기록을 세웠으며, 디바 플래닛 매거진에서 주최한 2023 년 상승 업적 갈라에서 "2023 년 올해의 아이코닉 팟캐스터 및 저자"를 수상했습니다. Femmetimes 매거진에서 여성 작가 및 유튜버 부문에서 '2023 년 올해의 성공 여왕'을 수상했습니다. 이 팟캐스트는 긍정, 영감, 개인적 성장의 메시지를 전파함으로써 그녀의 저술 활동을 보완합니다. 스리데비는 다른 사람들에게 영감을 불어넣고 고양시키기 위해 노력한 결과, 영감을 주는 여성 커뮤니티(TIWC)의 글로벌 브랜드 홍보대사 겸 국제 문학 홍보대사가 되었습니다.

스리데비의 삶의 중심에는 "긍정을 끌어당기고, 부정을 물리치고, 긍정의 무한함을 전파하라"는 심오한 격언이 자리 잡고 있습니다. 이 좌우명은 그녀의 삶의 철학을 담고 있으며, 문학계와 예술 활동 모두에서 그녀의 작품의 지침이 되고 있습니다. 스리데비의 여정은 각 개인이 세상에 긍정적인 영향을 미칠 수 있는 변화의 힘을 보여주는 예시입니다.

www.ingramcontent.com/pod-product-compliance
Lightning Source LLC
La Vergne TN
LVHW041711070526
838199LV00045B/1302